騒がしい楽園

中 山 七 里

朝日文庫

本書は二〇二〇年一月、小社より刊行されたものです。

騒がしい楽園　目次

騒がしい楽園

一　デジタルウーマン

1

午前八時東京メトロ東西線。

都内の交通機関の中でも通勤ラッシュ時の混み具合が一、二位を争う線だ。ピーク時には区間によっては混雑率二百パーセントにもなろうかというのだから凄《すさ》まじい。埼玉県の片田舎から赴任してきたばかりの舞子《まいこ》にとって、乗客がすし詰め状態になっている光景は未《いま》だに馴染《なじ》めない。大手町までは先頭車両が女性専用車両となっているので助かった。さすがにがら空きという訳ではないが、ラッシュ時にも拘《かかわ》らず吊り革に摑《つか》まっているのは乗客の二割程度なので普通の混み具合だろう。

便利だからもっと女性が活用してもいいと思うのだが、敢《あ》えて一般車両を利用する女性が少なくないのは男女平等云々《うんぬん》の論議以前に乗客マナーの悪さに問題がある。異性の目がないことに安心して傍若無人の振る舞いをする女性客がいるのだ。

舞子の隣に座った子連れの女がちょうどそんなマナーの乗客だった。

黄色い帽子を被《かぶ》っているところを見ると女の子は都内の幼稚園に通う途中なのだろう。朝食が間に合わなかったのか、電車の中で、もそもそとパンを齧《かじ》っている。

母親はと見れば、子供はそっちのけで化粧に余念がない。ファンデーションを終えたかと思うとパウダーを丹念に塗り始め、なかなか次の手順に移らない。舞子が文庫本五ページ分を読んだ時点で、女はやっとアイブロウを手に取った。

この進み具合だとメイク完了までに相当かかりそうだと判断した舞子は、読んでいた箇所に栞《しおり》を挟んで本を閉じる。

「化粧、やめてくれませんか」

「はあ?」

こちらを向いた女は視線も口調も尖《とが》っていた。

「そんなのあたしの勝手でしょ」

「ええ。ずいぶん勝手だと思います」

「あのね、あたしはこの子を幼稚園に送り届けてから自分も出社しなきゃならないの。朝は家族分のお弁当を作ったりして時間がないの。化粧する余裕もないの」

「だからといって公共の場所で化粧をしていい理由にはなりません」

「あんたねえ」

女は臨戦態勢に入ったらしく、更に目つきを険しくして舞子に迫る。化粧の途中なので不気味さも加味される。

「あんたも女なら分かるでしょ。化粧ってのは身だしなみなの。スッピンで人前に出るなんて、パンツ穿《は》かずに螺旋《らせん》階段上るみたいなもので誰だって恥ずかしいでしょうに。それにあたしが使っているファンデーションもパウダーも匂い控えめなのよ。どこに文句があるっていうのよ。何か法律に触れるとでも言う訳？」

「公共のマナーについての話です。法律違反かどうかは関係ありません。また、各種法律あるいは条令に違反していないから何をしてもいいというのは、マナーの趣旨に反します。メイクが身だしなみだという主張は否定しませんが、それはプライベートな領域に関わることであり、電車内というパブリックな領域で許されるかどうかは別問題です。どうしてもスッピンを人前で晒《さら》すのがお嫌でしたら、イスラム圏の女性のようにニカーブで顔を覆うか、仮面でも装着すれば目的は果たせます。個人の都合をパブリックな場所に持ち込むことがマナー違反だと言っているんです」

早くも激昂《げっこう》している化粧女に対し、舞子はどこまでも冷静な態度を崩さない。車両内の女性が俄然《がぜん》二人のやり取りに注目し始める。

「さっきからマナーマナーって。いったい自分を何様だと思ってるのさ。偉そーに！」

「わたしは単なる給与所得者であって、偉いとも何とも思っていません」

「ただの給与所得者で偉くないんだったら、他人のすることに口出しなんてするなよ。マナー違反だろうが何だろうが、他人に迷惑かけなきゃそれでいいだろうに」

「別にあなたの化粧でわたしの読書に迷惑が及ぶ訳ではありません。それにあなたがマナー違反をして、周囲の乗客から育ちが悪いだとか時間にルーズだとか馬鹿だとか思われようと、わたしには何の不都合も不利益も生じません」

「ば、ば、馬鹿って」

舞子の物言いと化粧女の反応に、乗客の間から忍び笑いが洩《も》れる。

「あんたに何の不都合もないなら黙ってればいいじゃないの」

「わたしにはありませんが、あなたのお子さんに不都合と不利益が生じます」

「何よ、それ」

「物事の善し悪し、並びに価値判断の基礎は三歳の頃から形成されます。その年頃に子供が一番接するのは母親です。情操教育は家庭環境の影響が非常に大きく、夫婦間の会話、家庭内で行われる娯楽、日常的な生活規範が子供の道徳心と教養の基盤となります。従って母親が電車内で平然と化粧をし、旅行の途中でもないのに子供の飲食を半ば推奨し、尚且《なおか》つ公共マナーの無視を正当化するのは、情操教育面でマイナスとしか思えません。中には親を反面教師として捉える利発な子供も存在しますけど少数派でしょう。決して望ましいこととは思われず、もし自分の子供だからどんな風に育てようが自分の勝手だと仰《おっしゃ》るのであれば、そもそも子供が自分の所有物であるという認識がとんでもない誤解だと言うより他にありません」

女の顔色がみるみるうちに変わるのが、化粧の上からでも分かった。

「こうなったら出るとこ出ましょうよおっ。先生でもない癖によくもまあ色々と言ってくれたものよね」

乗客が息を呑《の》んで見守る中、舞子は落ち着き払ってカバンの中からパスケースを取り出した。中身は身分証だ。

〈宗教法人喜徳《きとく》会　若葉《わかば》幼稚園教諭　神尾《かみお》舞子〉

「お言葉を返すようですみませんが、わたしは幼稚園教諭をしております。付け加えれば今申し上げたことはわたしの個人的見解というよりも、幼児教育に携わる者の共通認識です。そこのところをよろしく」

舞子が若葉幼稚園への転任を命じられたのはつい先月のことだった。それまで勤めていた埼玉県郊外の幼稚園で不祥事が発生し、経営母体である喜徳会が人心一新を理由に教職員の大異動を決定したのだ。

舞子自身はその不祥事に関与していなかったのだが、いずれにしても法人トップの判断ならざるを得ない。それに舞子も、都内での勤務に興味があった。何しろそれまでの勤務地は、人よりも動物の数の方が多い僻地《へきち》だったのだ。ただし転任といっても、経営母体が同じで異動も急を要するものであったため、新任地の登園は今日が初めてになる。

若葉幼稚園は世田谷の閑静な住宅街の一角に建っていた。建物がまだ新しく、園庭の遊具も古びたものは一基も見当たらない。新任地を見る際、舞子の観察眼はまず園児の触れるものに向かう。外見をどんなに取り繕おうと、こうした遊具類のメンテナンスが行き届かない施設は注意する必要がある。

園長三笠野万次《みかさのまんじ》の第一印象は小役人に尽きる。細面で神経質そうな眉と目。首から職員証をぶら下げさせれば、そのまま区役所の窓口に置いておけそうな風貌だ。

舞子は園長室をさっと一瞥《いちべつ》する。彼が座っている机はナラ材の高級オフィス家具で、応接セットも輸入品。ただし狭い園長室には違和感をもたらす存在で、これが三笠野の趣味ならあまり褒められたものではない。

壁には各種賞状がずらりと掲げられているが、若葉幼稚園に与えられたものの中に三笠野個人のものが交じっている。己の栄誉や栄光をこれ見よがしに掲げる者に大した人間はいないので、舞子は早々と三笠野への興味を失った。

三笠野はプロフィール表と舞子を代わる代わる眺めて言う。

「神尾舞子先生。幼稚園教諭は今年で四年目……ほう、音大のご出身ですか。やっぱりピアノですか」

「いえ、オーボエを吹いていました。ただ副科ではピアノを弾かされましたから、オルガンの扱いはできます」

「昨今は就学前教育での情緒発達が重視されていますから。担任の先生が音楽に精通していらっしゃるなら、これほど心強いものもありませんな」

お世辞なのかそれとも揶揄《やゆ》なのか、表情と口調だけでは判別がしかねる。前の園長は比較的感情が面に出るタイプで楽だったのだが、今度はどうだろうと舞子は思案する。

「実はこのプロフィール表以外にも、神尾先生については喜徳会からの人物評価もいただいております」

三笠野園長が上目遣いで舞子を見る。どうだ気になるかという、こちらの反応を愉《たの》しむような目だった。

だが生憎《あいにく》、舞子には人物評価なるものの中身が予測できる。第一、評価が悪いのなら、うるさがたの保護者が多そうな人気の幼稚園に配属されるはずもない。

「評価は文句のつけようがないものでした」

言葉の端々に尊大な響きが聞き取れるが、この程度なら許容範囲だろう。

「神尾先生が担当されたクラスでは園児の学力向上が目覚ましく、また問題行動を起こすこともなかったようですね。大変、素晴らしいことです」

「ありがとうございます」

「給与や福利厚生などの説明は済んでいますか」

これまた三笠野園長に改めて説明してもらうまでもない。異動を命じられた際に待遇面での詳細は聞かされている。給与は三割アップ、住まいは法人名義の借入社宅で舞子の三割負担、待遇面は格段に向上している。

だが舞子は冷めた気持ちで計算する。家賃はともかく、都内で生活するのだから生活費の負担が増大するのは当然であり、その分を加味すれば基本給を三割増しにしたところで結局条件に大きく変わりはない。

「以前と比べて好条件だと思いますが、ただし一年毎の査定があります。つまり一年間で園児の学習能力が下がった、もしくは向上が認められなかった場合。そしてクラスに尋常ならざる問題が発生した時には、当然マイナス点として考査され、次年度の基本給および賞与に反映されますから、そのおつもりで」

飴《あめ》と鞭《むち》のつもりか。いや、好条件と謳《うた》っている待遇の実態は物価スライド制のようなものだから飴ですらない。ただ馬の鼻先にニンジンをぶら下げているだけだ。

予《かね》てより喜徳会の方針は承知していたが、ここまで明確なかたちで提示されると却《かえ》って清々《すがすが》しささえ感じられる。

望むところだ。三笠野園長は最初に情緒発達云々を口にしたが、結局はそんな目に見えないものよりも数値化できる学力向上を優先させろと言外に伝えている。数値化できるものほど楽なものはない。舞子にすれば願ったり叶《かな》ったりだ。

舞子が承知したというように頷《うなず》くと、三笠野園長は満足げに口角を上げた。

「それから神尾先生。前回は秩父《ちちぶ》郡神室《かむろ》町という田舎が任地でしたからピンとこないかも知れませんが、こういった市街地に建つ幼稚園には市街地特有の悩みというかトラブルがあります」

「それは具体的にどういったトラブルなのでしょうか」

「有体《ありてい》に言えば騒音問題と待機児童ですね」

「騒音？　幼稚園の周辺でビル建設とかがあるんですか？　それとも飛行機が真上を通過するとか」

「いえ、逆です。ウチが騒音の元になっていると抗議してくる住民の方がいらっしゃるのですよ。まあ、ほんの少数派なのですけれどね」

ああ、と舞子は合点する。今まで勤めてきた場所ではそういった経験がなかったが、住宅地の中に建つ幼稚園では時折そうした苦情が寄せられるという。

待機児童問題は幼児保育に携わっている者には共通の課題だ。保育が必要な児童に対して保育園の数が圧倒的に足りず、母親の就業を困難にしている。最近はこうした母親たちの訴えがマグマのように噴出し、政治問題にまで発展している。若葉幼稚園のような市街地にある施設では避けて通れない問題だろう。

「着任早々、あまり萎縮させるようなことも言いたくありませんので、今日はこのくらいにしましょう。どのみち、おいおい耳にされるでしょうから」

思わせぶりな言い方をして何を今更と思ったものの、その程度の脅しで新任の教諭を操縦できると考えてくれているなら逆に好都合だった。

「失礼します」

どんな理由があっても再訪したくない部屋だと思いながら園長室を出る。知った顔に遭遇したのはその直後だった。

「やあ、舞子先生」

廊下の向こう側から声を掛けてきたのは池波智樹《いけなみともき》、前勤務先でも同僚だった男だ。今回、舞子とともに若葉幼稚園に転任してきた。

背が高く透明感のある面立ちをしており、前の幼稚園では園児や母親から〈イケメン先生〉と弄《いじ》られることも多かった。変な癖もないので、舞子にとっても話しやすい相手だ。

「園長室に行ってたみたいだね。もう挨拶は済んだの?」

「ちょうど終わったばかり」

印象のよくない部屋で印象のよくない上司と対峙《たいじ》していたので、顔見知りとの対面はいい気分転換になる。女性的な仕草と顔立ちなので、話していてもストレスがない。

「舞子先生の第一印象はどうだったのかな」

舞子は素早く周囲に人影がないのを確かめる。

「普通」

「普通かあ」

池波は少し困ったような顔で頭を掻《か》く。

「普通だと何か問題があるのかしら」

「舞子先生はなかなかそつがないからさ。褒めなきゃいけない人間は褒めるし、立てなきゃいけない人間は立てる」

「それは当然でしょ。無闇に上司をディスるなんて社会不適合者みたいな真似《まね》してどうするのよ」

「そういう人に〈普通〉と評価される人物だから推して知るべしってとこだね」

池波の言葉は間違っていないものの、見透かされたようで舞子は面白くない。以前から池波には人の考えを言い当ててしまう無遠慮さがあったが、悪意が微塵《みじん》も窺《うかが》えない顔につい許してしまう。

「そういう池波さんはどうなんですか。わたしの感想を聞いたのなら自分も答えないと不公平です」

「人物評を口にするのに、公平も不公平もないんだけどさ」

池波は言葉を選ぶように、ゆっくりと話す。この辺の注意深さは、舞子も嫌いではない。

「肩書が人を作る。環境が性格を決定するようなことは、本当にあるんだろうな。田舎と都会じゃ幼稚園のあり方も違うし、当然責任者の心構えも違ってくるだろうし。もちろん幼稚園が抱える問題も違う」

以前、池波と勤めていた幼稚園の問題は何といってもモンスター・ペアレントだった。保護者会が異常なまでの発言力を持ち、園長は唯々諾々と従うしかなかった。その結果、園の教育方針は恣意《しい》的に歪曲《わいきょく》され、舞子以下担任教諭たちが振り回される羽目に陥ったという苦い経験がある。

「いつもそうだけど、見習いたいほど要領のいい答え方しますよね、池波先生って」

「それはそうでしょう。園児だけならともかく、そのお母さんたちとも公平に、しかも上手《うま》く付き合っていかなきゃならないんだから。八方美人になっても、それを責められたんじゃ立つ瀬がない」

「あのモンスター・ペアレントたちに立ち向かうのに比べたら、まだこちらの方がマシかも知れないわね」

「そいつはどうかなあ」

池波は物憂げに視線を巡らせる。その仕草で彼が舞子以上の情報を入手しているのが見てとれる。舞子は軽く脅すように彼を睨《にら》みつける。

「これからも引き続き同じ職場なんだから、情報は共有してほしいものね」

「情報なんて大層なものでもないんだけれどね」

そう言いながら、池波は手招きをしてひそひそ話のできる範囲に舞子を近づける。

「まず確認。園長から何を聞いた」

「騒音と待機児童の問題」

「赴任前、一応は調べてみた？」

舞子は無言で頷く。騒音に関しては初耳だったが、待機児童についてデータなり記事なりが報道されているので表層をなぞる程度のことはできる。

世田谷区は全国で保育園の待機児童が最も多い自治体だ。しかもその数は年を追う毎に増加する一方なのに、区の対応が後手に回っているために少しも解消されない。

「詳しい話ができるの」

「うん。世田谷区も馬鹿じゃないから保育施設の定員を二千人ほど増やす計画を立てたんだけど、肝心の施設の確保ができない。本来なら建設される予定だった施設建設がずれ込んだ」

「予算不足だったの」

「予算じゃない。理解不足だよ。施設整備予定地で周辺住民の合意が得られなかったものだから、予定地が変更になったり工事が遅れに遅れたりした。ところが入園を希望する児童は昨年より増えたんで、結果的に認可保育園に入れず、認可外の施設にも入れなかった児童が出てきた」

そのしわ寄せが幼稚園に波及するのは自明の理で、施設にあぶれてしまった児童をそのままにしておくこともできないので、保育料が割高な私立幼稚園に入園させざるを得ない。当然保育料が家計を圧迫するので就業している母親には更に負担が伸《の》し掛かることになる。

「若葉幼稚園に限らず、世田谷区内の保育施設はどこも似たような状況らしいね。定員一杯が常態の施設、それを恨めしそうに覗《のぞ》き見る待機児童とその母親」

「話を聞く限り、整備予定地の周辺住民さえ協力的だったら、そんな羽目にはならなかったっていうニュアンスなんだけど」

「もちろん、そんな単純な問題じゃないんだろうけど、大きな要因であるのは否定できないだろうね。しかも騒音問題が近隣住民からの苦情だっていうのなら、二つの問題の根っこは同じかも知れない」

「まさか、わたしたちに地域との交渉でもさせるつもりなのかしらね」

冗談で言ったつもりだったが、池波がにこりともしないので少し焦りを感じた。

「ちょっと待ってよ。そんなの冗談じゃないわよ」

「ああ、冗談じゃない。舞子先生、喜徳会からは優秀な教諭だって評価されているんじゃないの。優秀な人材だったら、より困難なミッションに投入しようというのは当然の判断だから」

「聞いてないわよ」

「聞かせたくないからだよ」

嫌な雰囲気になってきた。舞子はこれ見よがしに顰《しか》め面《つら》を池波に向ける。

「だからさ、僕にそんな顔したって意味ないよ。それだって僕の憶測だし」

「池波先生の憶測って的中することが多いわよね」

「それは僕が常に悲観的だから。大抵の物事って悲観的な方向に転がることが多いし」

まさか着任当日に、これほど不安にさせられるとは想像もしていなかった。

自分にできることとできないことの区別くらいはついている。区別できるから大きな失敗はしないし、小さくても着実な成功を積み重ねていくことができる。評価は計算できるし、慢心して無謀な冒険に出ることもしない。従って自己評価は過大にも過小にもならず、というのが舞子の身上だ。だから若葉幼稚園に赴任が命じられたのも、園児への指導力を見込まれての推挙だと思い込んでいた。自分が地域住民と交渉している図など、想像するのも億劫《おっくう》になる。

「ひょっとしたら、自分が団体交渉の窓口になるような光景を思い浮かべているのかな」

「人には向き不向きというものがあるのよ。今まで何百人もの園児を教えていた池波先生だったら、それくらい承知しているでしょ」

「いや、舞子先生だったら、案外そんな仕事でもやりこなすんじゃないのかな」

「そういうこと、園長や他の先生のいる前で言うのやめてよね」

「言わないけどさ、でも結局は交渉能力に長《た》けた人間が駆り出されるんだったら、舞子先生に白羽の矢が立つのは時間の問題だと思うよ。それはもう、今までそつなく過ごしてきた人間の宿命みたいなものだ」

「それ、慰めにも何にもなってないんだけど」

「うん。慰めたつもりもないし。第一、舞子先生はそういうの好きじゃないでしょ」

これは池波の言う通りなので、舞子も押し黙るしかない。

初日からこんなことでどうする、と舞子は雑念を払うように頭を振る。自分の能力を保証できるのは授業の内容と事務処理の迅速さだけだ。充分な結果も約束できないのに引き受けるのは無責任ですらある。もし無理や無茶な仕事を振られたら、毅然《きぜん》とした態度で断るべきだ。そうしなければ通常業務にも差し支える。舞子が充分に能力を発揮できなければ、最終的に迷惑が及ぶのは園児なのだ。

そんな風に考えていると、目の前で池波が同情するように短く嘆息してみせた。

「その溜息《ためいき》は何よ」

「三年も同じ職場で働いていたから、舞子先生が責任持てない仕事をやりたがらない気持ちは理解できるんだよ。いい意味でプロ意識があるからね」

「それはどうも」

「ただし、結局は引き受けちゃう気がするんだよね。外野がうるさいせいで授業に支障が出るようだったら、やっぱり解決していかないとしょうがないもの。で、プロ意識の持ち主である舞子先生なら、渋々ながら登板せざるを得ない」

「……それも悲観的な観測だから実現しそうだと言いたいのかしら」

「大抵、的中すると言ったのは舞子先生だよ」

この同僚の足を思いきり踏んでやりたくなった。

2

舞子は年長のさくら組を担当することになった。

『小学校教育へ移行する際の最重要な年度なので、安心して送り出せるよう園児の学力向上に努めてください』というのが三笠野園長からの指示だった。その能力を買われたと自負する舞子には、望むところだという気負いがある。

「こんにちは。今日からこのさくら組を受け持つ神尾舞子です」

この時ばかりはと精一杯の笑顔で挨拶すると、園児たちも「こんにちはー」と元気な声をかえしてきた。

クラス編成は二十人。一人一人をじっくり観察できるという点では理想的な人数だろう。待機児童数が自治体最大で幼稚園に入園する児童が増えているというのに、ひとクラスの人数をこれだけに抑えているのには好感が持てる。

やはり育つ環境の違いなのだろうか、さくら組の園児たちは田舎の園児に比べて行儀がいいようだった。本来、優秀とされる幼稚園教諭は、手の掛かる子や問題行動の傾向がある子を受け持つことが多い。もちろん若葉幼稚園にそうした園児が皆無ということはないのだろうが、それでも舞子のクラスに問題児が見当たらないのは、学力向上に特化せよという指示の表れなのだろうか。

園児の個性は、自己紹介をさせるとその片鱗《へんりん》が窺える。舞子が見たところ、初日から強い印象を受けた園児が五人いた。

「先生、けっこんしてるのー?」

無邪気な顔で目一杯セクハラめいた質問をしてきたのは火々野《ひびの》結愛《ゆあ》だ。五歳児にもなると園での立ち居振る舞いで、家庭での躾《しつけ》が透けて見えてくる。結愛はとにかく天真爛《らん》漫《まん》という言葉の似合う、屈託のない子供だった。

「まだよ」

「先生、いくつー」

「二十六だけど」

「あのねー、おんなの人は二十五までにけっこんした方がいいんだよ」

「どうして？」

「二十六さいがね、赤ちゃんを産むのに一番いい歳《とし》なんだって」

あまりに屈託なく喋《しゃべ》るものだからつい許してしまうが、五年後に同じことを言われたら笑って聞き流せるかどうか自信がない。結愛の家では、こうした明け透けな会話が飛び交っているのだろうか。

「僕はいつでも大丈夫だと思うなあ。だって舞子先生、美人だから」

絶妙のタイミングでフォローを入れてきたのは城田《しろた》悠真《ゆうま》だ。ちらちらと結愛を横目で見ながらの発言なので、彼女を意識しているのは見え見えだった。

子供の頃から将来の男っぷりを予想してしまえる子供がいて、悠真がそんな子供だった。五歳児ながら目鼻立ちが整い、このままひねくれもせず順調に成長すれば、さぞかし好男子になることだろう。

「いっつも調子いいんだよなー悠真ってば。ホント美人に弱いんだからさ」

横からちょっかいを出しているのは紺野大翔《こんのひろと》で、二人のやり取りから悠真と近しい仲であるのが分かる。大翔はどこか中性的な悠真と対照的で、屋外に放てばどこまでも全力疾走で駆けていきそうな奔放な生命力に満ち溢《あふ》れている。

「うるさいな大翔」

「あ、悠真が赤くなった」

隣同士に座った二人が突《つ》き合い出したので、舞子が注意しようとした時、それより先に後ろの席から神咲陽菜《かんざきひな》が首を突き出した。

「二人ともうるさい」

陽菜のひと声で悠真と大翔が慌てて姿勢を正す。どうやら二人とも陽菜には頭が上がらないらしい。

「先生がお話し中は黙っていなさい」

陽菜の叱責に、二人は気まずそうに顔を見合わせる。舞子は心の中で早くも園児たちの力関係を図式化していく。とりあえず悠真か大翔が何か悪さをしようとしたら、陽菜を引っ張ってくればいいのは分かった。どうやら陽菜は舞子と同様、調整役が性に合っているようだ。

また、この四人の発言や立ち居振る舞いを、子供らしからぬ冷ややかな目で眺めている男の子もいる。

都築陸《つづきりく》という少年だ。

　さくら組の中でひときわ背が低く、下手をすれば年少組にも見られかねないが、眼差《まなざ》しだけが妙に大人びている。第一印象で問題行動を起こす子供なのかも知れないと密《ひそ》かに観察していたのだが、どうもそうではないらしい。皆の振る舞いを嗤《わら》うでもなく眉を顰《ひそ》めるでもなく、それこそ舞子のような冷徹な目で見ているだけなのだ。

　こういう子供には大抵兄や姉がいて、下の子供は上の振る舞いが親にどう作用するかをじっと観察している。自分が同じ轍《てつ》を踏まないようにするためだ。

　そこまで考えて、舞子は危うく笑い出しそうになった。その処世術は舞子と重なる部分が多い。舞子自身も他人の失敗を反面教師にして己の行動を決定することが多々あるからだ。手前のことを引き合いに出す訳ではないが、もし陸が自分の想像通りの子供だとしたら、問題児どころか逆に全幅の信頼を置ける存在ということになる。

　いずれにしろ就学直前の年長組は、既に個性の萌芽が見える。この個性を望ましい方向へ伸ばすのも拗《こじ》らせるのも自分の裁量に懸かっていると考えると、やはり身の引き締まる思いがする。この子供たちを預かるのはたったの一年だが、情緒や学力、判断力といった能力の基盤はこの時期に形成されるという説もある。軽んじていいはずがない。

　舞子は改めてさくら組二十人の顔を見渡す。

　この子供たちの可能性全てに責任を負うのは不可能だ。それでも成長の妨げになるものを排除することは自分にもできるだろう。

園児たちの顔を眺めながらゆっくりと使命感を高めていく——それが舞子のいつもの流儀だった。

年長組クラスを担任するのは舞子以外にもう一人、そして年中組・年少組も各々二クラスずつ。合計六クラスで総園児数は百四十人だから、舞子が勤務してきた幼稚園の中では最大規模となる。

近年になって、入園児の集中度合いはますます偏ってきた。人口集中と連動しての動きなので当然といえば当然なのだが、首都圏の園児が増加する一方で地方は先細りになっていく。待機児童の問題にしても、平たく言えば入園児の一極集中による弊害の一つだ。人が多く集まる場所には、その分多くの問題が発生する。百四十人もの園児を抱える幼稚園なら、トラブルは起きて当たり前だ。それが身に沁《し》みているのか、新任である舞子と池波を除いて、職員室における担任の表情はいずれも優れない。

その中でもひときわ陰気そうな顔をしていたのは、舞子と同じ年長のひまわり組を受け持つ八神鈴香《やがみすずか》だった。舞子が次の授業の準備をしていると、腹痛を堪《こら》えているような顰め面で近づいてくる。まさか園児や保護者の前でこんな顔は見せないだろうが、すると教室や保護者の前で見せる笑顔は分厚い仮面ということになる。

「ちょっといいかしら、神尾先生」

どうせ碌《ろく》でもないこととは予想できるが、新任の立場で拒絶はできない。

「何でしょうか」

「園長から聞いた？　年長組は学力向上が最優先だって話」

こちらに話し掛けている最中も眉が神経質そうにひくひくと動いている。生来のものでなければ、よほど精神的な疲労が蓄積されているか、さもなければ軽く病んでいる徴候に見えかねない。

「そんな内容でした」

「あなたはどう思う？」

「時流に沿った要請という気がします」

「時流に沿っているかも知れないけれど、理想には逆行していると思わない？」

鈴香の声はひどく粘着質に響く。

「ゆとり教育の弊害で子供たちの学力が低下したのはその通りかも知れないけれど、そのしわ寄せを就学前教育の現場に持ち込むなんて本末転倒よ。就学前教育には学力よりも優先する情緒の形成補助があって、はっきり言って学力云々は就学してからの課題にしてほしいよね」

着任したばかりでほとんど面識のない舞子に同意を求める時点で、平常心を失っている。これが鈴香の通常モードなら決してお近づきにはなりたくないタイプだ。

「こういうことは放っておくと担任に責任がおっ被せられちゃう。わたしと神尾先生二人で、園長先生に直談判しない？　幼稚園の方針は偏向しているから是正してほしいって」

「無意味だと思います」

舞子が答えると、鈴香は一瞬きょとんとした。

「……え」

「教育方針は喜徳会から下ろされたものでしょうから、園長先生に疑義を申し立てても意味がありません。だからといって喜徳会にわたしたちが直談判しても、二人は年長組の担任に相応《ふさわ》しくないとして配置換えされるだけです。わたしたちが違う種類のストレスを感じるクラスの担任になるだけで、根本的な問題が解決する訳じゃありません」

鈴香の表情がみるみるうちに険しくなる。

着任早々敵を作るつもりはなかったが、鈴香と徒党を組んで園長に直談判するリスクと、鈴香を怒らせるリスクを比較すれば当然前者の方が面倒だ。それに何より鈴香の物言いは園児のためというより、自身のストレス回避を願う気持ちが優先しているように思える。そんな提案に乗るのはあまりに馬鹿馬鹿しい。

「園長に媚《こび》売ろうとしているの。それとも園児のことなんてどうでもいいから、ひたすら上の命令に従うって態度なの」

「媚を売るつもりも、ひたすら命令に従うつもりもありません。就学前に学力を向上させるのが本末転倒だとは思っていないし、そんなに困難な指示だとは思っていないからです」

舞子はわざととりつく島もないような言い方をする。礼を失わずに鈴香を遠ざけるには、こうした対処法が一番に思えた。

「そういう能力を買われてこの幼稚園に招かれたんだと思っています」

「自信満々ね」

「自信じゃありません。実績です」

我ながら鼻持ちならないと思ったが、この手の同性を沈黙させるには呆《あき》れさせるくらいの物言いでちょうどいい。

「それからこれは持論ですが、芸術域での天才児を育てようとするのならともかく、情緒なんて就学してから養っても決して遅くありません。一方、思考が柔軟なうちに必要な知識や知恵を詰め込むというのは秀才を作るのには有効です。そしてご承知かと思いますけど、ゆとり教育の弊害を散々非難された小中学校は世間知らずの神童や自己中の天才なんて求めていません。出された課題を真面目に、そして間違いなくこなす秀才を望んでいます。その方が進学しても就職しても汎用《はんよう》性があるからです」

意外にも、鈴香は負けじと反論する。

「そんなの学校や親の一方的な都合じゃない。そんな秀才型を量産して、いったい何が面白いのよ」

「面白いとか面白くないとかの問題じゃありません。時代の要請なんです。今、親が男の子に就かせたい職業の一位は公務員です。国の政策立案に関わる官僚ともなれば、求められる能力というのは天才の発想力ではなく、汎用性だと聞きました。どこの省庁のどんな部門に配属されても、要諦《ようてい》を把握してすぐ執務に活かせるからです。学力というのは、この汎用性を拡大させるのに最も必要な要素です。今大事なのは情緒教育よりも学力向上なんです」

舞子がネットニュースから聞き齧ったことを繋《つな》ぎ合わせた適当な見解を口にすると、鈴香は愛想が尽きたという風な仕草で背中を向けてくれた。有難い。これで益体《やくたい》もない議論に付き合わされることもない。

ただし困ったこともある。口に出した途端、つぎはぎだらけだったはずの理屈が妙に正しいように思えてきたのだ。

二時間目は屋外での遊戯の時間だった。舞子は園児たちを遊具に触れさせる前に、自分で動かして安全かどうかを確かめてみる。外見が古びていなくても隠れた支柱部分が老朽化していることがたまにある。何か不測の事態が起きた時の管理責任はメンテナンス業者と園側に発生するが、だからといって担任の舞子が頰かむりをする訳にはいかない。仮に責任の一端を問われる羽目に陥っても面を上げていられるよう、自分ができる範囲は全力を尽くす——これもまた舞子の流儀だった。

園児二十人を小ぶりのジャングルジムにスプリング遊具、そしてコンビネーション遊具に振り分ける。この三基は近接した場所に設《しつら》えられているので、舞子一人でも全てに注意を払うことができる。

新任の舞子に緊張していた園児たちも、慣れ親しんだ遊具に乗り込むや否や歓声を上げて遊戯に興じる。

五歳児二十人が上げる声はちょっとした騒音だ。野生動物が一斉に咆哮《ほうこう》するのと大差ないのではないか。

幼稚園教諭になりたての頃には、舞子も閉口した憶えがある。何しろ音楽大学で学んでいるから、嫌でも不協和音が耳障りになる。しばらくは子供の声が重なると耳を塞いでしまいたくなった。

だが人間は慣れの動物だ。これから毎日彼らを相手にするのだと腹を括《くく》ってからは、それほど苦にもならなくなった。

音大でオーボエを吹いていた時、ある教授から言われたことがある。仕事に染まっていくと、人間は環境に適応しようとして体質を変えていくそうだ。絶えず手を庇《かば》おうとする演奏家、流血に慣れる医者、どんな罵声を浴びせられても平然とできる政治家。ならば自分もどんどん騒音や不協和音に不感症になっていくのだろうか。

少しだけ寂しく思っていると、「誰か」と声高に叫ぶ声を聞いた。子供の声ではない。嗄《しわが》れた老人の声だ。

見れば正門の扉の前に白髪の男が立ってこちらを見ている。老人ではあるが背筋をぴんと伸ばし、膝も曲げていない。

「誰か」

舞子のいる場所まで届く声だが、建物から教職員が出てくる気配はない。

園児たちを放っておくのは気懸かりだったが、舞子は仕方なく応対に行く。正門に近づくにつれ、老人の顔立ちが明瞭になってくる。齢の頃は八十過ぎだろうか、老人斑の目立つ顔だが、眼光は衰えていない。目の前に舞子が立っても、傲然と胸を反らせている。

「何かご用でしょうか」

「ふん。見ない顔のようだが新任の先生かね」

「今日からさくら組の担任になった神尾といいます。失礼ですが……」

「おいおい。監獄の内と外じゃあるまいし、鉄格子を挟んでの会話かね」

「どちら様でしょうか」

「ここの町内会長の上久保《かみくぼ》という者だ」

　昨今は不審者の侵入を防ぐために、外来者の出入りは厳重にチェックされている。この男が名乗っている身上の者かどうかの判断はつきかね、舞子がしばらく逡巡《しゅんじゅん》していると、やがて事務員の一人が慌ててやってきた。

「ああ、会長さん。お疲れ様です」

　事務員が当たり前のように門扉を開ける。上久保は正門を潜《くぐ》る際、舞子にじろりと一瞥をくれる。

「わしの素性がはっきりするまで門を開けなかったのは偉かったな」

　正面に立った上久保は舞子よりも五センチほど背が低い。しかし全身から放たれる威圧感は相当なもので、上久保が一歩前に出ると、こちらは逆に後ずさりしてしまいそうな迫力がある。

　舞子は気後れを悟られまいと表情を硬くする。

「それでご用件は何でしょうか」

「抗議にきた」

　上久保は上目遣いに舞子を睨む。下からの視線なのに、ねっとりと絡みつくようで思わず顔を背けたくなる。

「園が何かご迷惑をかけたのでしょうか」

「園児がうるさい」

早速きたか。

「ここの園児が外で喚《わめ》き立てる声が耳についてどうしようもない。運動させるなとまでは言わんが、せめて屋内で遊ばせてくれ」

話がややこしくなりそうなので園長と直接話をしてはどうかと水を向けると、上久保はやんわりと拒絶する。

「園長には以前、同様の申し入れをした。だが一向に聞き入れるような気配がない。だから、またきた」

園長に直接談判して改善されることがないのなら、いち教師である舞子に再度抗議しても無駄ではないのか。

「そうではない。こういうことは何度も何度も繰り返すことに意義がある。所謂《いわゆる》〈度重なる抗議をしたにも拘らず〉という既成事実を作ることができるからな」

上久保は意地悪そうに笑ってみせる。

「その顔は、このクソ爺《じじ》イとでも言いたそうだな」

「いえ……」

「あんたは新任で知らんだろうから言うておくが、これはわし個人の問題じゃあない。町内に住む住民複数の声をわしが代表として申し入れているだけのことだ」

「でも屋外での遊戯は、どこのクラスもお昼を挟んだ時間帯に設定しています。朝早くとかの時間ではないはずです」

「時間帯の問題ではない。ひょっとして若い連中が仕事で出かけているから、多少騒がしくても苦情はこないと思ったか」

舞子は返事に窮する。以前の園は郊外で、しかも住宅地とは離れた場所に建てられていた。建物の中や運動場でどれだけ園児が泣こうが騒ごうが、それで苦情を受けたことは一度もなかった。これが郊外と市街地の相違ということなのか。

「神尾先生といったな。あんた、この町をどう思う」

「都心に近く利便性が高い一方で、閑静な過ごしやすい住宅地だと思います」

「ふむ。優等生的な回答だな。他には」

「今日、着任したばかりなので」

「街中には街中なりの悩みがあってな。確かに便利な場所だが、ここに住宅地ができたのは戦後間もなくだ。何度か建て替えや修繕がされておるから建物や街並みは新しく見える。若い住人が流入しておるから商店街も活気づいておる。だが昔ながらの住人も残っており、そういう爺婆《ばば》たちは老人ホームを嫌う者が多く、まだ自分の家にしがみついておる。高齢だから昼過ぎまで横になっている者もおる。そういう年寄りたちにしてみれば、床に臥《ふ》せっている時の子供の声ほど身体《からだ》に障るものはない」

聞けば上久保の言い分にも一理ある。町内会長という立場なら、住民たちの声を無視はできない。そしておそらく、苦情を申し立てた住民たちは上久保とは同世代であろうから、上久保個人としても無下には扱えないのだろう。

だが、次の上久保の言葉は舞子には予想外のものだった。

「加えてわしも子供の声を好かん」

どこか誇らしげな口調が舞子の耳に障る。

「わしは朝食を済ませた後に『三国志』やらを読むのを日課にしておるが、そんな時に子供たちの騒々しい声が聞こえると、途端に興を殺《そ》がれる。それが昼食を挟んで三時近くまで続く。いや、それだけではない。登園や帰宅の際も拡声器で呼び掛けとか注意事項とかを垂れておるが、あれもまた騒音に近い」

「それも他の住民の方の意見なんですか」

「左様。定刻に上空を通過する爆撃機よりもタチが悪い。何せ半日ずっとその調子だからな。若葉幼稚園が我が物顔に振る舞うことで、この町内の幾人幾十人もの高齢者が不運を嘆いておる」

「不運を嘆いてという言い方は少し一方的なのではありませんか」

「あんたは知らないだろうから念のために言っておくが、この幼稚園ができたのは、今からたかだか二十年前の話だ。古い住民は五十年以上も前から住んでおる。後からやってきた者たちのために生活が乱されるのだ。当人にしてみれば不運以外の何物でもないだろう」

つまり優先権という理屈か。それならこちらにも既得権がある。

「失礼ですが、上久保さんにはお孫さんがいらっしゃいますか」

「おるよ。息子夫婦に一人。今は成人して家を出ていったが」

「ひょっとして、そのお孫さんもこの幼稚園だったんじゃないですか」

「ああ、そうだ。確か三歳から五歳まで面倒を見てもらっていた」

しめたと思った。上久保さんの孫が卒園者ならそれが最大の説得材料になる。

「だったら、当園の存在価値というものをもう少しお認めいただきたいです。ここに若葉幼稚園がなければ、上久保さんのお孫さんも遠く離れた幼稚園に通うしかなかった訳ですし、それをご考慮いただければ、園児の声もご自分のお孫さんの声だと思って」

「……」

「恩義に感じて、多少の不便にも目を瞑《つぶ》れと言うのか」

ここは答えをぼかしてはならない。

「ええ。はっきり言わせていただければ」

上久保はほっほっほと感心したように笑う。

「見ればまだ若そうだが、あんたは幼稚園の先生になって何年だね」

「今年で四年目です」

「そうかそうか。四年目にしてはそれなりの度胸があるようだな。個人的にそういう女《おな》子《ご》は嫌いではない。しかし残念ながら人を見る目がまだ幼い。あんたは年寄りというものを不必要なまでに偶像化しておるんじゃないのかね」

「どういうことでしょうか」

「有体に言って、自分の子供や孫が幼稚園の世話になったことなど、大抵の年寄りは何とも思っとりゃあせん。保育料を踏み倒したというんならまだしも、ちゃんと払うものは払ったんだ。遠慮する義理なんぞどこにもない」

「でも……」

「自分の孫なら目に入れても痛くないだろうさ。しかし他人の子供なんぞ可愛《かわい》くも何ともない。煩《うるさ》くて目障りなだけだ」

上久保の笑い方が不敵なものに変わる。

「町内に住む多くの年寄りが独居か老老介護か、さもなきゃ嫁き遅れや無職の娘や息子と同居しておる。若いあんたは信じたくないことかも知れんが、老《い》いたからといって皆が皆、達観しておる訳でもない。妙な具合に歪《ゆが》んだり、世の中を恨んだりする者もおる。

そういう人間にとって子供の声というのは他人の幸福の象徴に聞こえる時がある。耳障りなのも当然だ」

手前勝手だと思ったが、園児の声を目の敵《かたき》のように捉えられたのでは相手の同情につけ入る隙がない。どう抗弁しようかと思案していると、上久保は追い打ちをかけるように言葉を続ける。

「子供は国の宝というのは間違いじゃない。少子化が叫ばれる昨今、ますます希少価値が出てきているのも確かだろう。しかしな、それが与《あずか》り知らぬ他人の宝となれば、無関心を通り越して嫉妬や憎悪の対象にもなる。もう分かっただろう。ここの園児たちは古くからの住民にとって迷惑以外の何物でもないのだ」

「それは上久保さんにとってもですか」

「わしか？　さっきも言うたが、わしは町内の年寄り連中の声を代表しているが、その者たちの気持ちも言い分も十二分に理解しておるだけだ」

「園児は園庭に出すな、とでもいうんですか」

「存外に短絡的だな。外に出すなとまでは言わん。泣くな喚くなと言うておるだけだ」

「あなたが子供の頃は泣きも喚きもしなかったんですか」

「ほ。今度はそういう論法できたか。ふむ、めげない根性も褒《ほ》めてやろう。しかしな、人間というのはえてして身勝手なものだ。世を恨み、人生を拗《す》ねた老いぼれは余計にそうなる。あんたの言う理屈は通用せんだろうなあ。老いぼれどもは理屈云々を口にしとる訳じゃない。癇《かん》に障るという感情を口にしとるんだ。そして区の議員たちは投票所に足繁く通う年寄りを大切にしてくれる」

上久保は意味ありげに言う。抗議したという既成事実を積み上げ、最後は行政に訴えかけるという脅しだ。

「とにかく今日の抗議活動はこれで終《しま》いだ。ちゃあんと園長に報告しておいてくれい。ここまで歩いてくるにも、年寄りには結構難儀なのでな」

屋外遊戯が終わると、舞子は上久保の訪問を三笠野園長に報告した。案の定、三笠野園長は渋い顔を見せる。

「また、ですか。よく続くものだ」

「僭越《せんえつ》ですが、一度、保護者会を交えて話し合いの場を持たれたらいかがでしょうか」

「わたしがそういう機会を、今まで設けようとしてこなかったと？　とんでもない。上久保さんから抗議される度に、わたしも話し合いましょうと水を向けてきました。ところが先方があれこれと条件をつけてくるので、未だ実現していないのが現状です」

「それなら向こうが話し合いに応じなかったと、後で抗弁できると思いますが」

「向こうの条件というのが、弁護士を間に立たせろとか区の議員を仲介させろとかで難癖をつけてくる。こちらが穏便に事を済まそうとしているので、足元を見ているのですよ」

三笠野園長は口にしないものの、舞子には別の事情も透けて見える。仮に弁護士が訴えを起こすなり議員が問題にするなりすれば、喜徳会は三笠野園長に対して執務能力を疑うだろう。三笠野園長にすれば喜徳会での評価がすべてだろうから、思い切った対応が取れないのだ。何のことはない。足元を見られているどころか、こちらが抗弁する材料を少しずつ捥《も》ぎ取られているのだ。

「このままにしておくんですか」

「何か手段がありますか」

「たとえば屋外遊戯を全て体育館で行うとか……」

「そんなことをすれば、今度は保護者会が何か言ってきますよ」

三笠野園長は薄く笑う。こちらは上久保のような余裕のある笑いと違い、自虐気味のそれだ。

着任早々、三笠野園長が騒音問題に言及した理由が今になって理解できた。ただの苦情ではない。下手をすれば幼稚園の存続すら脅かすような地雷だったのだ。

ではもう一つの待機児童の問題とはどういう脅威なのだろう――想像を働かせようとして、舞子は途中でやめた。どうせここにいれば早晩明らかになるだろうからだ。

3

悪い予感ほど的中するもので、待機児童の問題は翌日になって早速頭を擡《もた》げてきた。事の起こりは授業前、園長から伝えられたひと言だ。

「本日は入園希望のお母さまたちが授業の見学にこられるので、よろしくお願いします」

基本的に幼稚園は年度の途中からでも入園できるのが建前だが、若葉幼稚園をはじめ都心部の幼稚園は入園申込みの受付期間を設定しているところが圧倒的だ。これは保育園に入れなかった児童が一斉に入園申込みをしたため、一時期現場が混乱したことへの対応なのだという。そういう面では牧歌的だった任地にいた舞子には、いささか窮屈な印象が否めない。

年長組クラスの授業自体は、母体となる宗教法人が同一であるため方針も使用教材も一緒で戸惑うことがない。

「はい。それじゃあ、山手線の駅名を言っていきます。いいですかー」

舞子は園児たちの前に駅名が大書きされたプレートを掲げ、紙芝居よろしく読み上げながら次々と捲《めく》り続ける。

「大崎、五反田、目黒、恵比寿、渋谷、原宿、代々木、新宿、新大久保、高田馬場、目

白、池袋、大塚、巣鴨、駒込、田端、西日暮里《にしにっぽり》、日暮里、鶯谷、上野、御徒町《おかちまち》、秋葉原、神田、東京、有楽町、新橋、浜松町、田町、品川。はいっ、みんな続けて！」

「大崎、五反田、目黒、恵比寿……」

年長組ともなればこうした課題にも慣れているのか、園児たちはややつっかえながら暗唱し始める。二日目でこの習熟度合いなら不安もない。あと五コマも続ければ、山手線一周は暗唱できるようになるだろう。

むしろ不安は別にある。教室の後方にずらりと並んだ見学者たちだ。当然の話だが入園希望の幼児に付き添いの母親、中には夫婦同伴の家族までいる。あまりの混雑ぶりに押し合いへし合いしており、端の家族などは出入口からはみ出している。何気なく舞子が数えてみると、全部で二十八人の見学者が押し掛けている。何ということだ。さくら組の園児数よりも多いではないか。

三笠野園長がよろしくと殊更《ことさら》に念を押した理由が分かる。これだけの数の見学者を仕切るだけでも神経を使うのに、加えて園児二十人の面倒も見なければならない。合計すれば四十八人の行動を監視しなければならない計算で、確かに気の休まる瞬間がない。見学者など無視すればいいではないかと思うが、園側にしてみれば授業内容を将来の園児と保護者に披露する場でもあるので、決して手を抜くなとのお達しだ。

言われなくても手を抜くような教え方をするつもりなど毛頭ないが、それでもこれだけ多くのギャラリーが注視する中、平常心を保つのも難しい。お蔭《かげ》で教えている最中も度々集中力が途切れてしまった。

まずい。このままでは衆人環視の中で醜態を晒しかねない——頭の片隅で警報が鳴り始める。

その時、見学者の中から手が挙がった。

「質問があります」

一瞬、何の冗談かと思った。見学は自由だが質疑応答など聞いていない。

「先生、質問です」

挙げた手を下ろさずにいるのは、三十代前半と思える母親で、膝の上に男の子を抱いている。母親は授業を熱心に見ていたようだが、肝心の男の子の方はゲーム機の操作に余念がない。舞子にしてみれば最も扱いたくない種類の母子だった。

質問に答える義務はないので知らんふりをしていたが、自分の声が聞こえないとでも思ったのか、件《くだん》の母親は更に大きな声と手振りで応答を求めた。

「先生！　先生！」

あまりの声の大きさと野卑さに園児たちが一人二人と振り向き始める。舞子はともかく、園児たちの集中力を乱されては敵《かな》わない。

「すみません。授業中なので、質問は終わってからにしていただけませんでしょうか」

「でも、一時間同じことを繰り返す訳じゃありませんよね。この他にも別の勉強をするんですよね」

「そうですけど」

「だったら今しないと、あたしが質問の内容を忘れちゃいそうです」

いっそ忘れてくれた方がどんなに有難いか。それでもこの母親を黙らせるために授業を中断するのは業腹だった。

「申し訳ありませんが、この時間での質問は受け付けられません」

「でも先生。ウチの子は来年、必ずここに入園するんです。絶対させます。その前に授業の不明な点を確認しておくのは、保護者にとっても先生にとっても無意味なことではないはずです」

それはあなたの勝手な解釈だ。

舞子は視線でそれを悟らせようとしたが、どうやら相手はそんな繊細な神経など持ち合わせていないらしく、一向に手を下ろす気配を見せない。

しかも具合のわるいことに他の保護者たちが、彼女と舞子のやり取りに興味を示し始めた。集団心理の一種なのだろうか、許可もしていないのに、隣同士で囁《ささや》き出した。

「まあ、奥さんの言うことにも一理あるわよね」

「そうねえ、入園する前に知っといた方がいいこともあるだろうし」

まいし」


「何か詰め込み教育？　みたいな感じもするし」

「大体、山手線の駅名を暗記させて何をさせるつもりなの？　鉄オタの養成所じゃある
　ざわつきが大きくなり、このままでは授業の進行も困難になってきた。

　第三者に自分の仕事を振り回されるのは嫌だったが、こうなればやむを得ない。あからさまに仕方がないというように溜息を吐《つ》き、舞子は件の母親に向き直る。

「質問にお答えする前に、お名前を伺ってもよろしいでしょうか」

　自分の素性を明らかにした者はあまり無茶や非常識を口にしない。舞子が日頃から考えている予防線だが、知ってか知らずか件の母親は微塵も臆する様子がなかった。

「久遠《くおん》。久遠友美《ともみ》と言います。えっと聞きたいのはですね。やっぱり今の授業についてなんですけど、山手線の駅名を暗唱することに何の意味があるんでしょうか」

「山手線の駅名自体に意味はありません。強いて言えば身近な固有名詞の連なりなので憶えやすいということくらいです。重要なのは駅名ではなく暗記力を育てることです。就学前のこの時期、子供の吸収力は喩《たと》えて言えばスポンジのようなものですから、一つ一つの言葉に意味がなくても、言葉を記銘する能力が高まれば自ずと学習能力の支えになります」

「それは詰め込み教育とか呼ばれるものじゃないんですか」

「詰め込み教育というのは単語や公式といったものを、理解する以前に記憶させるという傾向だったのですが、これは単に暗記力の向上という趣旨なので、目的自体が違います」

舞子の回答に満足したのか、保護者の大半は無言で頷いていた。だが質問した友美はまだ納得がいかない様子だった。

「先生のそのやり方で、子供の学習能力にどれだけの差があったんですか？　他の教え方をされた園児と具体的にどんな違いがあったのでしょうか」

「これはわたしの、というよりも若葉幼稚園が使用している教材ですが、小学校入学後の比較では概《おおむ》ね他の幼稚園から上がってきた児童よりも授業の理解度が高いとの結果が出ています」

期せずして保護者の間から称賛とも安堵《あんど》とも取れる声が洩れる。

五歳の段階で学力偏重の教育は好ましくないという声があるのは、舞子も承知している。だが最近はその声もずいぶん小さくなったというのが正直な感触だった。

原因は言うまでもなく、ゆとり教育からの揺り戻しだ。鳴物入りで始まったゆとり教育だったが、これさえも以前の主流であった詰め込み教育の揺り戻しに過ぎない。滑稽なのは文科省の習性なのかそれとも日本人の特質なのか、弊害を排除しようとする際に極端から極端に走る傾向だ。学力偏重が悪いと批判されれば、次には情緒や個性を偏重しようとする。何かを偏重した結果が必ず別の弊害を生むのが容易《たやす》く予想できるのに、敢えて実行する姿は大した展望もなく右顧左眄《うこさべん》しているようにしか映らない。

もっとも学力重視に舵を切ってくれた現状は、舞子にとって有益な話だった。情緒とか個性とかおよそ胡乱《うろん》で数値化できないものを求められるよりは、よほど取り組みやすい。教育者として評価されるかどうか以前に、求められるものを満足する結果として提供するのが仕事と考える舞子には好都合な方針だった。

「保護者の皆さまからお子さんをお預かりする時間は限定されています。わたしたちはその時間内で、就学前に必要な能力を必要な分だけ習得していただきたいと考えています」

文科省の幼稚園教育要領に謳われていることであり、若葉幼稚園の学習目標に明記されている文言なので口に出しても構わないだろう。予想した通り、これにも大半の保護者は納得顔で頷いてみせる。友美はと見れば、満足とは言えないものの周りの空気に追従しているような表情をしている。

とにかく友美が沈黙してくれたお蔭で雑音がなくなり、後半部分は舞子も園児たちも授業に集中することができた。

だが、それで終わった訳ではなかった。

悪い予感はいつも的中する。授業の終了を告げ、舞子が教室を出ると友美がいそいそと近づいてきたのだ。

「あの、神尾先生。お話があるんですけど。いや、お話というよりご相談があって」

個別の児童について下手に回答すれば、後々のトラブルの原因になりやすい。

「申し訳ありません。次の授業が迫っていてあまり時間の余裕がありません」

適当な理由を作ってあしらおうとしたが、相手は予想以上に執拗だった。

「あまり時間がないんだったら、ほんの少しでも構いません。あたしたち母子の運命が懸かっているんです。お願いします！」

運命ときたか。

日常生活の中で、しかも初対面の者に対して運命がどうのこうのと話し掛けてくる人間に碌なのはいない。決して皮肉や毒舌ではなく、才能と傲慢と錯覚が渦巻く音楽大学に学んできた舞子の世知だった。しかし放っておけば、こういう母親は我が子可愛さのあまり尋常ならざる行動に出やすい。三笠野園長が忌み嫌う尋常ならざる問題の発生は舞子も回避したいところだ。

「じゃあ五分だけなら」

そう言ってから、間もなく舞子は後悔した。久遠友美という女は時間の観念すら曖昧《あいまい》なのか、それとも最初から約束を守る気などないのか、舞子の承諾を取り付けると機関銃のように喋り始めた。

「本当にですね、世田谷区の待機児童についての対策というのは後手後手で、担当者はあたしたち母親の立場なんて全然知ろうとも思っちゃいないんです。今日だってこうして見学にきているんですけど、あたしだって決して暇な身分じゃなくて、旦那はサラリーマンだけどそれだけじゃとてもやっていけないんで、あたしもパートをやっているんです。母親が働いているから、当然この子は保育園に預けようとしたんですけど、どこも満員満員で。場所を増やすなり先生を増やすなりすればいいのに、周辺住民の許可が要るとか急に保育士採用の枠を増やすことはできないとか言い訳ばっかり」

日頃から鬱憤《うっぷん》が溜まっていたのだろう。話し始めると友美は唾が飛び散るのも構わず、息継ぎすらしなかった。その間、視線はずっとこちらに固定されており、どこか偏執的な目つきが舞子の不安を誘う。不安を軽減するためには、こちらからも言葉を割り込ませて演説を中断しなければならなかった。

「お子さんはおいくつでしたか」

「今年で四歳。だから来年入園したらすぐに年長組に入れられます」

既に入園したつもりになっているのが、ますます舞子を不安にさせる。

「その間だけでもどこかに預けるということはできないのですか」

「認可されてない施設も満杯なんです。ええ、ホントにマンションの一室を使ったような貧相な施設でさえ一杯なんです。そんな施設に預かりを拒否られた時の悔しさって、先生分かりますか」
友美の顔が鼻先にまで迫る。安い化粧品の匂いが鼻を突いた。
「お仕事をお持ちだったら、来年も幼稚園ではなく保育園を目指したらどうなんですか」
「もちろん、そうします。でも保育園も幼稚園も二年連続で落ちていて……」
友美の言葉が不意に澱《よど》む。公立にしろ私立にしろ、これだけ待機児童が増加すればど
この保育施設も無条件での入園は有り得ない。幼稚園では適性試験なり面接も行われる
はずで、それに二年連続で落ちたという事実は、友美の息子がそうした試験には残念な
がら不向きであるのを物語っているか、あるいは友美自身に問題があることを示唆して
いる。
幼稚園の入試とは異なり、認可保育園などの選考基準は曖昧なところが多い。しかし
役所が掲げる審査基準は〈通常では保育が困難な家庭であること〉だが、親の収入や労
働時間を偽装したり、偽装離婚したりする例もある。そしてそういった前科が判明すれ
ば、まずどこの保育施設も入園を認めない。
「これって絶対に国の対策が杜撰《ずさん》だからですよ。働くお母さんが安心して子供を預けら
れないから、少子化に歯止めがかからないんです」
友美の批判はあらぬ方向に飛ぶが、己の不運を環境や社会制度のせいにするのはよく
ある話なので、舞子は今更驚かない。第一、友美の批判は的外れだと思っている。

保育施設が不足気味だから子供を作りにくくなっているというのは、実は誤謬《ごびゅう》に近い。舞子は現場の人間として把握しているが、ここ数年認可保育所の数は増え続けている。それでも待機児童の数が減らないのは、世田谷区のように人口集中が歪《いびつ》なためだ。政府もただ指を咥《くわ》えていただけではない。まさか人口の集中している地域だけの事情で全国的な少子化になるとは考えにくい。

夫婦ひと組あたりの出生児数もまた無関係と思われる。夫婦ひと組が生涯に何人の子供を産むのかを完結出生児数と呼ぶが、二〇一〇年の調査ではこれが一・九六人となっている。二・〇〇人を割り込んだものの一九七二年には二・二〇人だったので、この数値もさほどの減少は認められない。

少子化の最大の原因は婚姻数の減少であり、更に言えば適齢期に差し掛かった男性の低収入が主な要因だ。それを保育施設の少なさによるものと言い切ってしまうのは、本当の理由から目を背けたいだけなのではないかと舞子は考えている。だからという訳ではないが、友美の言説はいささか被害妄想じみた響きがある。

あまり個人の事情に踏み込みたくはないので、まともに友美の批判を聞くつもりもない。舞子は手短に話を切り上げようと思った。

「少子化の問題はともかくとして、久遠さんに今必要なのは幼稚園での授業を見学することよりも、どうすれば息子さんを保育施設に預けられるか検討することだと思います」

冷淡な物言いに聞こえたかも知れないが、変に期待を持たせるよりもずっとマシだ。第一、友美の息子はまだ若葉幼稚園の園児にもなっていないから舞子が責任を持つ訳にもいかない。

だが、友美はとことん自分本位の思考ができる女らしかった。謝絶されて引き下がるどころか、意味ありげに目を輝かせて顔を寄せてきた。

「それはその……神尾先生がウチの子の入園に力を貸してくださるという意味でしょうか？」

「はあ？」

思わず声が裏返った。

「先生が裏から、その、色んな面で便宜を図ってくださるんでしょ。それならあたしも安心です。その、それでおいくら用意すればいいんですか。あまり大きな金額は用意できませんけれど、家中掻き集めて何とかします。足らなければ借金してでも……」

「ちょ、ちょっと待ってください。わたしはそんな話をしていません。第一、わたしは今年着任したばかりなんですよ。入園の合否に関われるような立場の人間じゃありません」

「それなら個人授業をしてくださるという意味ですか」

「個人授業？」

鸚鵡返しに訊ねたのは、あまりに突拍子もない発想だったからだ。中学高校入試のための家庭教師ならまだ理解の範疇《はんちゅう》だが、幼稚園に入園するための個人授業など聞いたこともない。

「それでお代はいくらくらいに……」

「いい加減にしてください」

舞子は友美の肩を摑んで押し返す。

「何を誤解されているのか分かりませんが、わたしたちは副業が禁止されています。百歩譲ってそうした副業が認められているとしても、一人の子供だけに指導を注力するような行為は、個人的に嫌いです」

「それならそうと、はっきり言ってくれればいいのに」

さっきから意思表示をしているのに、あなたが気づかなかっただけではないか——舞子は反論しようとしたが、友美の恨みがましい目を見て勢いを殺がれた。

気づかなかったのではない。

気づこうとしなかったのだ。

「先生。このことを根に持ったりしますか」

友美の恨み節はまだ続く様子だった。根に持つも持たないもない。こうなれば一刻も早く彼女から遠く離れたい。

「先ほども言いましたが、わたしは入園の合否に関わるようなポジションにいません。だから安心してもらって結構です」

それだけ言い残して、舞子は足早に立ち去る。背後で友美が何か洩らしたようだが、振り返ることとさえ億劫だった。

職員室に戻ると、次の授業までもう残りわずかしかなかった。舌打ちしたい気持ちを堪えて準備をしていると、鈴香がゆっくりと近づいてきた。鈴香とともに、またぞろ厄介事の予感が忍び寄る。

「さっき、見てたわよ」

「何がですか」

「廊下で捕まってたでしょ、久遠さんに」

「鈴香先生、あの人をご存じなんですか」

「ご存じも何も、去年はわたしが同じ目に遭ったもの」

鈴香は同病相哀れむというようにこちらを窺い見る。

「昨年は年中組、その前は年少組。だから今年で三年目。入園の合否はともかくとして、見学だけなら皆勤賞よね。どうせあなたも個人教授頼まれたんでしょ」

「ええ」

「断った？」

「引き受ける理由が一ミリもありませんから」

「ふうん。まあ、報酬が魅力的な金額なら考えないこともないんだけどさ。実際に金額交渉すると笑っちゃうわよ。それこそマックとかでバイトしていた方が、ずっと割がいいくらいの金額なんだもの」

つまり、鈴香は一度は誘い文句に乗ろうとした訳だ。

「久遠さんが子供を預けるのに執着する理由は訊いた?」

「そういう興味も一ミリもありません」

興味がないから放っておいてくれと言ったつもりだったが、鈴香は逆の意味に取ったらしく更に接近してきた。

「ご近所の同い年の子供たちが全員、幼稚園か保育園に通っていて肩身が狭いらしいの。何ていうか、子供を保育所に預けられない母親は負け組、みたいな妄想に陥っちゃったみたい。去年も悲壮感漂っていたけど、来年は最後の年だから気合い入っているよね」

説明されるとなるほどと思えるが、よくよく考えればこんな馬鹿な話はない。母親が子供を保育施設に預けるのは、自分の働く時間を確保するためだ。ところが友美は子供を入園させるためには借金も厭《いと》わないと言っていた。それこそ本末転倒ではないか。

「何か同性のわたしが言うのもアレだけど、父親より母親の方が色々とややこしいよねー」

鈴香は同意を求めるように訊《き》いてくる。ここで仲間と思われても損にはならないだろうが、アドバンテージにもならない。

「父親とか母親とかじゃないと思います」

「どういうことよ」

「彼女は子供より自分が可愛い人間なんですよ。そういう親は、大抵どこかが歪んでいます」

4

幼稚園教諭の仕事は閉園後もしばらく続くが、少なくとも園児を母親に渡した時点で一番の重荷からは解放される。

だが舞子は母親たちが集まる場面で、またもや見たくもないものを目撃してしまう。

若葉幼稚園の園児たちは基本的に徒歩もしくは電車での通園がほとんどなので、園児見送りの午後二時が近づくと母親たちがわらわらと正門前に集合する。総勢百四十人の園児を迎えるこれまた百人近くの母親の群れは、まるでちょっとしたデモ隊のようだ。

毎日同じ時間帯に集まれば、知った顔同士でグループが形成されていく。そしてグループが形成されるということは同時に派閥の誕生を意味する。

園児見送りを報せるチャイムが教室に鳴り響くと、舞子は降園準備の済んだ園児たちを整列させて玄関を出た。正門にはさくら組の母親たちが隙のない外出着で我が子を待ち構えている。前の幼稚園では、台所仕事の途中だったと言わんばかりの格好の母親もちらほら見掛けたが、ここではさすがに一人も見当たらない。そのままデパートへ繰り出してもおかしくないファッションで傍目《はため》には華やかだろうが、舞子の目には熾烈《しれつ》な戦いの光景にさえ映る。

「ママーっ」

最初に列から飛び出した結愛は、子犬のように母親の許《もと》へ駆けていく。満面に笑みを湛《たた》えて結愛を迎えるのが母親の香津美《かづみ》だ。

昨日の保護者との顔合わせでクラス二十人の母親の顔と名前はしっかり記憶した。大まかな家庭環境も園児の調査票で把握している。

火々野香津美の夫は人材派遣の会社を経営しており、経済的には非常に恵まれた環境にある。着ている物もひと目でオートクチュールと分かる。所謂セレブに属する人間で、尊大さを表に出してはいないものの、立ち居振る舞いが品のよさを醸し出している。まだ二十代ということも手伝って、香津美の周囲には華やかさが漂う。

長身の男が香津美の背後に控えている。後で聞いたところでは彼女の実弟の比留間公次《ひるまこうじ》だ。何でも香津美の運転手兼ボディガードを務めているらしい。よく見れば幼さが残っているものの、理知的な顔立ちをしている。姉と似ているが、額の広さで彼女より賢明に見える。おそらく送り迎えの際は母親たちが彼に熱い視線を浴びせるひと時になるだろう。

「お帰りー結愛ちゃん。今日はどうだった?」

「一杯、勉強したー」

「そう。結愛はいつもいい子ねえ」

「今晩はどこでお食事なの」

「今日はねえ、久しぶりにママの手作りコロッケ」

「やったあっ。結愛、ママの作ったコロッケ、世界で一番好きっ」

「じゃあ、いつもみたいに結愛もお手伝いしてね」

「うん。結愛、おイモさんこねるー」

香津美の横でお付きの女官のように控えているのは陸の母親である都築千尋《ちひろ》と、陽菜の母親神咲真知《まち》。二人の夫はそれぞれ香津美の夫の部下で、つまりこの三人の夫人は夫の会社絡みでグループを作っている。もちろん中心にいるのは香津美だろう。それは千尋と真知のどこか遠慮がちな物腰で容易に推察できる。

「へえ、結愛ちゃんはママの料理のお手伝いするんだ」

「するよー」

「ウチの陸にも見習わせたいわねえ。陸ときたら、幼稚園から帰ってくるなりゲームに熱中して……あっ、陸。お帰りー」

「ただいま」

千尋の許にやってきた陸は無愛想な返事を寄越す。自分の母親が結愛に相好を崩している姿が気に食わないのは一目瞭然だ。それでも必死に不機嫌さを押し隠そうと、無表情を決め込んでいるのが痛々しい。

三番目に列を離れた陽菜は、ゆっくりとした足取りで真知の許に辿《たど》り着く。昨日と今日の二日間で、陽菜がおませな仕切り屋であるのは理解できた。とにかく歳の割にしっかりしており、周囲を統率し何かにつけて主導権を握ろうとする傾向がある。陽菜をそうさせている原因は何なのだろうと考えていたが、母親への接し方を見ておおよその見当がついた。

「陽菜ちゃんはいつも落ち着いているわね。結愛にも見習わせたいくらい」

「そんな、火々野の奥さま。このくらいの子供なら結愛ちゃんの天真爛漫さが普通で。陽菜はちょっと背伸びをしたがっているだけなんです」

陸の無表情と陽菜の仕切りたがりの根っこはきっと同じなのだろう。友だちの母親にかしずく母親の姿は、どうしても惨めで醜悪だ。劣等感の原因にもなる。陸と陽菜は幼いながらに、その劣等感を封じる術《すべ》を自分で考えついたのではないのか。

舞子が思いを巡らせていると、続けて悠真が列を離れた。母親の姿を見つけると、男の子らしく少し恥ずかしげに近づいていく。

「ただいま」

「おっかえりー」

両手を広げて悠真を迎えたのは城田早紀《さき》、この場にいる母親たちの中では一番若く見える。

そしてまた、この場にいる母親たちの中では一番、香津美と距離を置いているように見える。三人の母親たちを見る目が、ひどく侮蔑と憎悪の色に満ちているからだ。

「楽しかった?」

「うん、今日は結愛ちゃんが……」

そこまで喋った悠真は慌てた様子で口を噤《つぐ》む。早紀の顔に一瞬苛立《いらだ》ちが走る。どうやらこの母子の間では、結愛の話題はタブーらしい。

距離がそれほど離れていないので、城田母子のやり取りは香津美の耳にも入っただろう。香津美と、そして千尋と真知は無視を決め込んでいるようだが、その不自然さが尚《なお》更《さら》両者の不仲を際立たせる。

子供は意外なほど親の感情を読み取る。香津美たちと早紀の間に張り詰めた空気は、赤の他人の舞子ですら察知できるのだ。子供たちにそれが分からないはずがない。その証拠に結愛と陸と陽菜、そして悠真は気まずそうに互いを見まいとしている。

中でも印象的だったのは悠真の仕草だった。ちらちらと結愛を盗み見しながら、自分の姿を隠すように早紀の背後に回り込んでいる。

憎み合う家同士の子供たちに芽生えた恋心――何だ、『ロミオとジュリエット』ではないか。

舞子は自分の思いつきに苦笑しそうになり、すんでのところでやめた。母親たちの前で感情を面に出すのは自らに禁じたことだし、第一、悠真たちに失礼だ。

五歳児には五歳児たちの世界があり、大人たちの目にはどんなに滑稽に映っても本人たちは至って真面目だ。たかだか二十数年生きているだけの自分が笑っていいはずがない。

「先生、さようならー」

「はい、さようなら」

正門で手を振って、園児たちは母親と一緒に降園していく。その際も香津美たちのグループと城田母子は、かなりの距離を取っていた。

やがて全ての園児を見送ると、いつの間にか隣に池波が立っていた。

「お疲れ様」

「お疲れ様」

池波は何気なさそうに周囲を見回し、他に人影が見当たらないのを確かめる。

「着任二日目で結構な冷戦を目撃しちゃったな」

「火々野さんと城田さんのこと？」

「片やセレブで派閥の長。片や一匹狼の若き反逆者。視線の応酬だけであれほどの迫力とはね」

「その言い方、何か知ってるの」

「園の関係者が知っている程度にはね」

「ちょっと。わたしたちが着任したのは昨日よ。たった二日で、どうして池波先生がそんなことを知っているのよ」

「舞子先生の売りは冷静沈着さと適正な判断力。僕の売りは情報収集能力と人当たりのよさ」

「自分で言うことかしら」

「言えるさ。自負している能力だからね。新参者が潰されないためには、ある程度の予防線がどうしても必要になる。僕の場合はそれが情報だって話」

池波の弁に疑義を差し挟むつもりはない。池波が情報収集に長けているのは、前の幼稚園で散々知らされた。人懐こく整った風貌を生かして、どんな世代のどんな性格の人間にも溶け込んでしまえる。相対する者に警戒心を抱かせないから、園児や母親たちの受けもいい。愛想は皆無に近く、教える技術だけで信頼を勝ち得ている舞子とは好対照だった。

「火々野さんと城田さんの間には大した因縁があってさ。聞いてみれば確かに反目し合っても仕方ないと思える」

「そんな話をどこから仕入れてくるのよ」

「去年、結愛ちゃんたちを担当した鈴香先生や他の先生から」

「もう鈴香先生をたらし込んだって訳ね」

「……そういう言い方は誤解を招くのでやめてほしい」

「それで？　二人の因縁ってどういう内容なの」

促されて池波は話し始めた。

「火々野さんのご主人が経営している人材派遣の会社、〈スタッフバンク〉というんだけど、その社名に聞き覚えない？」

「テレビでCM流している有名企業じゃない」

「それもそうだけど、別のことで有名だったりもする。〈スタッフバンク〉に登録されていた社員が派遣先の会社で過労死した事件」

ああ、と舞子は軽く頷く。そう言えばそんな事件があった。社員の過労死がさほど珍しくない昨今、記憶の底に埋没しかけていた。

「その死んだ派遣社員というのが、城田早紀さんの実の弟で、当時二十歳になったばかり」

危うく変な声が出そうになった。

「派遣先というのが、例のワンオペで悪名を轟かせた牛丼屋チェーン店。弟くんを低賃金と長時間労働で縛りつけ、体育会系のノリで叱咤激励、人一倍責任感の強かった彼は精神的にも肉体的にも無理を重ね、やがて身体を壊して病院のベッドの上で息を引き取る」

「まだ二十歳……」

「派遣先の職場環境も劣悪だったが、それを知りながら安易に社員を派遣していた〈スタッフバンク〉にも当然、ご両親の怒りが向けられた。ところが代表取締役である火々野氏はありきたりの弔意を示すばかりで、劣悪な職場に派遣した責任についてひと言も言及せず、それればかりか派遣先の職場環境と過労死の間に因果関係を認めなかった」

これも嫌になるほどよくある話だ。

「火々野氏の対応に激怒した彼の両親は〈スタッフバンク〉を相手取って、業務上過失致死と安全配慮義務違反、つまり刑事と民事の両方で訴えた。ところが職場環境と過労死の間に因果関係は認められないとして原告側は敗訴。一方、訴えられた側の〈スタッフバンク〉と火々野氏は裁判で負けはしなかったものの、世評を落とし、立候補予定だった東京都知事選を断念せざるを得なくなった。つまり被告側も原告側も何一つ得られず、互いに大切なものを失うという泥仕合に終わった」

「それが今でも続いているということね」

「正解。城田家に嫁いだとはいえ、早紀さんには一人きりの弟だった。火々野氏に対する怨念は生半可なものじゃない。一方、火々野夫人にしてみれば、城田早紀さんは夫の念願だった都知事就任を粉砕された仇敵一家の一員。そりゃあ、仲良くしろというのがどだい無理な話だよ」

「どうしてそんな二人の子供を同じクラスにしたんですか。母親同士が顔を突き合わせたら、摑み合いになっても少しもおかしくないのに」

「もちろん入園前に身上書は出しているんだけど、城田さんは嫁いで改姓しているから、そこでチェックから洩れたんだってさ。両家の因縁が知れ渡ったのは、結愛ちゃんと悠真くんが同じクラスに編成された後だった」

「だったら、せめてどちらかをクラス替えすればいいだけの話でしょう」

「しかし、それならどちらを動かす？　お互い相手に被害者意識を持っている。動かされた方は園を巻き込んで大騒ぎするに決まっている。どうなることかと固唾《かたず》を呑んで見守っていれば、一触即発ながらトラブルらしいトラブルは起きない。周囲がびくびくものので静観しているというのが実状みたいだね。そして年長でもクラス替えできなかった。

何とも事なかれ主義の結果じゃないか」

　聞いているだけでうんざりしてくる。両家の被害者意識も確執も理解できるが、迷惑をこうむっているのは関係のない子供たちではないか。

「事なかれ主義ってのは誰を指しているのかしら」

「知っている癖に」

「まだ着任二日目なのに、もう園長先生の人となりが分かっちゃったのね」

「全部じゃないけどね。でも、そういう主義の人間だと知っていれば、これから不測の事態が起きても対処できる。何といっても雇われている立場だからね。退路は確保しておかなきゃ」

「不測の事態が起きると予想しているの」

「可能性はゼロじゃないでしょ。だけどその可能性に一番留意しなきゃいけないのは、舞子先生だよ。何せ爆弾を抱えている担任だからね」

「あら。心配してくれるの。やっぱり優しいのね」

「それは同僚のよしみで」

　気がつけば首の辺りが硬く感じる。自分の身体だから身に沁みて知っている。これはストレスに襲われる前兆だった。音大の演奏会で練習が不首尾な時、よくこの感覚を味わった。幼稚園教諭になってからはすっかり忘れていたが、今更発現するとは予想外だった。

　着任して早々、上久保に難癖をつけられ、久遠友美からは無理難題を頼まれ、そして今度は母親同士の確執ときた。わずか二日の間にこの上なく濃い面々と顔を合わせた訳で、充実しているといえば、これほど充実したこともない。

「何だ、舞子先生。珍しく疲れた顔してるじゃないか」

「……どこの幼稚園にもトラブルは転がっているものね」

「舞子先生は鬼子母神《きしもじん》を知ってるかい」

「自分の子供を育てるために、人間の子供を食べていた神様でしょ。それがどうかしたの」

「母親っていうのはさ、みんな大なり小なり鬼子母神の部分があるよね。自分の子供のためなら他人の子供を犠牲にしても、世界中を敵に回しても構わないところがあるから」

「それが母性っていうものじゃない」

「何人もの鬼子母神が年がら年中、顔を突き合わせているんだ。トラブルなんか起きて当たり前じゃないか」

　この池波の予言もまた的中した。

　さくら組の工作の時間に、隣り合わせた大翔と悠真がふざけていた。

「あーっ、僕のクレヨン」

「ここまでおいでー」

お気に入りのクレヨンを取り上げられ、悠真が大翔を追い掛ける。いつもなら大翔が逃げ切って終わるのだが、この日は勝手が違って悠真が追いついた。

スモックの裾を捕まえられた大翔は驚いたあまり前方につんのめる。勢いのついていた二人はそのまま床に倒れ込む。ところが運悪く、大翔の伸ばした手が偶然居合わせた結愛の裾を摑んだため、結愛も巻き添えを食って転倒してしまったのだ。

幸い三人は大事に至らず、大翔と結愛が掠《かす》り傷をこしらえるだけで済んだ。いや、済んだと思ったのはその時だけで、災禍は園児見送りの際に襲来した。降園時、結愛の怪《け》我《が》の由来を知った香津美が早紀に咬《か》みついたのだ。

「おたくの息子さんがふざけさえしなければ、結愛が怪我をすることもなかったんです。いったい、どう責任を取ってくれるんですか」

直接手を下したのならともかく、結愛に触れたのは大翔だったから、これには早紀にも言い分がある。

「何を言ってるんですか。悠真は結愛ちゃんに指一本触れてないんですよ。どうしてウチが責任を取らなきゃいけないんですか。大体、巻き込まれる結愛ちゃんにも問題があるんじゃないんですか？　どうせいつもみたいに、ぼうっと突っ立っていたんでしょ」

「ぼうっとは何ですか、ぼうっとは。まるで結愛が不注意だったみたいな言い方をして」

「まるでじゃなくて、やっぱり不注意だったんじゃないかしらね。こんなの気をつけていれば避けられたでしょ」

「自分の子供が乱暴したのに、それを被害を受けた結愛のせいにするだなんて！」

「何が被害者よ。昔っからおたくの方が加害者じゃない。もう忘れたの」

「人聞きの悪いことを。あれは主人の会社とは無関係だって、裁判で判断されたことじゃないの。そんな風に言い掛かりをつけるなんて、貧乏人根性はあの時のまま全然変わってないのね」

「今、何て言ったの。貧乏人。確かに貧乏人って言ったわね」

香津美も早紀も自分の声に昂奮《こうふん》して、どんどん言葉を荒くしているようだった。周りの者が二人を制止すればよかったのだが、お互いの取り巻きが騒ぎをエスカレートさせた。普段は声に出さないものの香津美に反感を抱く母親もおり、千尋や真知を巻き込んで双方の確執が顕在化した瞬間だったのだ。

「大体いつも澄ました顔をしているけど、子供だって突発事には自分の身を護《まも》ろうとするものよ。それができないのは鈍い証拠よ」

「そっちから襲っておきながら何てことを言うの。盗人猛々しいというのはあなたのためにあるような言葉ね」

「盗人とは何よ、盗人とは。こっちが盗人なら、そっちは人殺しじゃない」

「言うに事欠いて人殺しだなんて！　今すぐここで謝罪なさいっ」

「どうしてわたしが謝る必要があるのよ。れっきとした事実じゃない」

「それはちゃんと裁判で」

「ふん。どうせ大枚はたいて検事や裁判官を買収したんでしょ。あなたたちっていっつもそう。おカネさえあれば自分の罪も帳消しにできると思っている。そういうのを下衆《げす》っていうのよ」

「下衆とは何よ、下衆とは。こんな屈辱、今まで一度も受けたことない」

言葉が荒れるに従って、香津美と早紀が間合いを詰めていく。互いの指が触れた瞬間、摑み合いの喧嘩《けんか》が始まるのは誰の目にも明らかだった。

「その辺でやめなよ、姉さん」

香津美の後ろにいた公次が進み出て、彼女の上半身を押さえにかかる。

少し離れた場所に立っていた舞子は別のものを見ていた。

子供たちだ。

激昂する母親たちの背中に隠れながら、悠真も大翔も、そして陽菜も不安に顔を歪ませている。結愛に至っては涙目だった。

ここは現場の責任者である自分が仲裁に入るべきだろう――舞子は内心で溜息を吐き

ながら、池波の肘を突く。こういう際は男の力が不可欠だ。池波はこれ見よがしに肩を落とし、舞子に付き合う意思を表明した。

「皆さん、どうぞお静かに！」

柄に似合わぬ大声を上げ、舞子は香津美と早紀の間に立ちはだかる。

「子供が見ています。こんなところでの口論はやめてください」

「でも先生」

「もう一度言います。あなた方のお子さんが、自分のお母さんが怒鳴り相手を口汚く罵っている姿をこんなに近くで見ているんですよ」

舞子の警告に何人かの母親が動きを止める。今にも相手に飛び掛かろうとしていた早紀は目の前に池波が立ち塞がり、一歩も足を踏み出せない。

「諍《いさか》いの原因は後でわたしが伺います。せめて子供たちの前では、優しいお母さんでいてくれませんか」

あくまでも遠慮がちに、しかし毅然とした態度を崩さずに言うのが肝要だ。皆が昂奮しきった中、場違いなほど冷静な言葉は喧嘩している犬に冷水を浴びせるのと同じ効果を発揮する。

舞子の策が功を奏したのか、両者は次第に落ち着きを取り戻し始めた。相手を射殺すような視線は相変わらずだが、少なくとも目力で殺された人間はまだ存在しない。

「覚えてらっしゃい」

「そっちこそ」

　まるで中学生のような捨て台詞《ぜりふ》を吐いて香津美と早紀は左右に分かれる。二人の背後で声を上げていた取り巻きたちも、イタズラを叱られた子供のような顔で帰路につく。

「お見事」

　安堵の笑みを洩らして、池波が舞子の肩を叩く。

「さすがデジタルウーマン。母親の心理を突いた計算ずくの言葉だった」

「でも、これっきり。二度も三度も通用する言葉じゃない」

　馬鹿な犬も、何度も同じ目に遭えば耐性を身につける。あの母親たちも犬よりは賢いはずだから、次は言っても駄目だろう。

「また同じことが起きるって？」

「明日からはふた組に分けて見送りした方がいいかもね。園長に進言してみる」

「顔を合わせないようにするのが先決か。でも舞子先生は気づいているだろ。それは対症療法で、根本的な解決方法じゃない」

「分かってるわよ」

　そうだ、うんざりするほど分かっている。

　職員室に戻ると、鈴香をはじめ他の教員から矢継ぎ早に言葉を浴びせられた。

「舞子先生、カッコよかった」

「度胸あるよねー。あたしだったら絶対あんなこと無理」

「池波先生もさすがよね。息がぴったり」

「本当にさあ、いつあの二人が摑み合いになるか、はらはらだったよね。あたし、いざとなったら警察呼ぼうとか思ったもの」

どこまで本気か怪しいものだ。

同僚たちからの賛辞を軽く聞き流し、舞子は自分の机に座り、パソコンを開く。騒ぎの原因を作ったのは舞子が担任するクラスの園児。そして双方の間に入ったのも舞子。どうせさっきの騒ぎについて、三笠野園長は報告を求めてくるだろう。求められてから提出するのは自分の落ち度と認めるような気がするので、先に作成しておくに限る。

そんな舞子を、対面《トイメン》の池波が呆れ顔で眺める。

「重ね重ね立派だと思うよ」

「それはどうも」

「こんな時、付き合いの長い同僚なら色々と気遣うんだろうけど、付き合いが長いから余分なことはしない」

「それはどうも」

「だけど一つだけ忠告。舞子先生もたまには弱味を見せた方がいい」

「何故《なぜ》」

「少なくとも味方が増える」

「傍観しているだけの味方なんて要らない」

「へえへえ」

池波は片手をひらひらと振って受け流す。この軽さが池波の魅力といえば魅力だろう。

パソコン画面の字を追いながら、舞子はまた胸の裡《うち》で溜息を吐く。着任してまだ一週間と経っていないのに、一カ月も働きづめだったような疲労感が背中に伸し掛かる。閉鎖的な田舎よりも市街地の方が人的トラブルも少ないと予想したのは、とんでもない見込み違いだった。改めて適材適所という単語が思い浮かぶ。優秀だと評価された人間が、楽な仕事を与えられるはずもない。試練はいつも当人に合ったレベルで到来する。

それでも仕方ないと舞子は思う。適性があるのなら、乗り越えられないトラブルは存在しない。乗り越えられなかったのなら、最初から適性などなかったというだけに過ぎない。

「お先にー」

「お疲れ様ー」

同僚たちが一人二人と姿を消していく中、舞子は遅くまでキーを叩《たた》き続けていた。

二　悪の進化論

1

ひとクラス二十人も預かっていれば、園児宅の不幸に遭遇することもある。五月の連休明け、舞子《まいこ》の許《もと》に届けられたのは、結愛《ゆあ》の父親が死亡したとの報せだった。社長業が多忙なため、火々野輝夫《ひびのてるお》はなかなか結愛と遊んでやれないのが心苦しかったらしい。そこでゴールデン・ウィークを利用して二人きりで外出したところ、見通しの悪い道でクルマに撥《は》ねられたのだという。天晴《あっぱれ》だったのは衝突する瞬間に結愛の身体《からだ》に体当たりしたため、結愛は掠《かす》り傷で済んだことだ。

「園から弔電を打つつもりですが、舞子先生も告別式に参列してください」

三笠野《みかさの》園長からそう言われた際、真っ先に浮かんだのは青山葬儀所のような巨大な斎場で、自分が一人ぽつねんとしている光景だった。都知事選に出馬しようとするような経営者だ。そこいらの葬儀場では参列者を捌《さば》き切れないに違いない。

「あの、園としては弔電で充分ではないでしょうか」

園児の家の不幸は痛ましい。殊《こと》に天真爛漫《らんまん》を絵に描いたような結愛が悲嘆に暮れる場面は、想像するだけで心が重くなる。弔意を示すのは当然だが、娘の通う幼稚園の教諭がのこのこ父親の葬儀に参列するのは腰が引けた。

「舞子先生らしくもない」

三笠野の口調にはわずかに叱責が含まれている。

「亡くなられた火々野さんからは多額の寄付金を頂戴しているんです。こんな時に園から参列しない訳にはいきません」

思わず笑い出したくなるほど明快な理由だ。しかしそれなら園長自らが足を運べばいいと思うのだが。

「いやいや、やはりこういう場合は奥さんと顔馴染《なじ》みである舞子先生が参列した方が腰の据わりがいいのですよ」

三笠野は分かったようで分からない理屈で舞子を煙に巻く。

「よく、分からないのですが」

「つまりですね、湿っぽい席にはどうしても似合わない人間がいるのですよ」

自分がそういう人間なのだと言っているつもりなのだろうが、それでは舞子なら葬式に似合うとでもいうのか。

納得いかないことはたとえ園長の命令でも承服したくない。更に抗弁しようと口を開きかけたところを先に封じられた。

「喪主である奥さんには既に舞子先生が参列されると連絡しましたし、香典も用意してあります。それではよろしく」

語尾にひときわアクセントをつけて、言葉を返す間もなく踵《きびす》を返す。こんな風にして意に添わない仕事を職員に振っていたに違いない——そう思った時には姿が消えていた。

まんまとしてやられた格好だが、押しつけられたものでも仕事は仕事だ。溜息《ためいき》一つと交換して舞子は肚《はら》を決める。当座の問題は就職と同時に揃《そろ》えたブラック・フォーマルがきつくなっていないかどうかだった。

日曜日の昼過ぎ、舞子は弔問に出掛けた。まだ五月半ばにもなっていないというのに真夏のような蒸し暑さで、喪服の下は既に汗ばんでいる。

斎場は思った通り青山葬儀所で、到着するなりその広さに驚いた。駐車場は六十五台分収容、記帳所だけでも十メートル以上はあるだろう。その記帳所で長らく順番を待ち、やっと遺族の顔が見える場所まで辿《たど》り着いた。

喪主となった香津美《かづみ》が参列者一人一人に頭を下げている。下げ方が浅いので沈痛な顔がここからでも見える。その真横に立っているのが結愛と公次《こうじ》だった。

五歳の結愛が人間の死についてどこまで理解しているかは分からない。しかし父親と二度と会えないことは教えてもらっているのか、クラスでは決して見せたことのない顔で立ち尽くしている。

大声で泣き叫んでいるのならまだ見ていられる。ところが結愛は声を上げまいと肩を震わせながら我慢をしている。それだけではない。香津美の喪服を、皺《しわ》になるほど、きつく握り締めているのだ。

健気な姿に舞子も胸を掻《か》き毟《むし》られた。

仕事に感情を持ち込むのは自分の信条に反するからと今まで胸に蓋《ふた》をしてきたが、さすがに応えた。

それでも香津美たち遺族を前にすると、月並みな悔やみの言葉しか出てこない。

「この度は急なことで……何と申し上げたらいいのか」

己の語彙の貧弱さに腹が立った。

「ありがとうございます……」

母親に少し遅れて結愛も小さく頭を下げる。我慢なんかせず、人目も憚《はばか》らず泣いてしまえばいいのにと思うが、口にすることができない。

だが仕方がない。

舞子は昔から感情表現が苦手だった。苦手であることを誤魔化すために、敢《あ》えて感情の介在を拒んできたところがある。

音楽の道で大成しなかった訳だ、と妙に納得してしまった。

「それでは会場の方に……お渡しする札に番号が書いてありますので、同じ番号の椅子にお座りください」

そう言って公次が紙片を差し出した。

会場に入る途中も舞子は落ち着かなかった。周囲の密《ひそ》かな会話から、火々野家の抱えている問題を知らされたからだ。

「ご主人、ご兄弟いらっしゃらないのよ」

「じゃあ、会社の株式とか財産とかは……」

「相続人は奥さんと結愛ちゃんだけなの。でも、結愛ちゃんはまだ五歳だから、結局は奥さんの総取り」

「でも、あの奥さんにご主人の跡を継げるのかしら」

「それは、会社に専務さんとか常務さんとかいるんだし」

「でも、ずいぶんワンマンな社長さんだったんでしょ。そういう社長さんが経営していた会社って、いざ社長さんがいなくなっちゃうと……ねえ」

「しっ」

聞くともなしに聞いてしまったが、これで火々野母子に対する同情が倍加した。夫・

父親を失くした悲しみだけでも想像し難《な》いのに、あの二人にはこれから相続やら会社の代表権やらという生臭い話が山ほど待ち構えているのだ。

資産家というのは、同時にそれだけ多くの問題も抱えている。しかし今は故人の冥福と二人の安寧を祈るしかなかった。

園児の父親の死はそれ単独でも舞子やさくら組に暗い影を落とす事件だったが、実は後に続く一連の悲劇のとば口に過ぎなかった。

五月十八日、舞子が出勤してくると運動場の隅に人だかりができていた。その中には池波《いけなみ》の顔も見える。遠くからでも不穏な空気の漂っているのが分かる。

人だかりに近づいていくに従って不穏さはより濃厚になる。どうやら彼らが集まっているのは飼育エリアの中に掘られた池の周囲らしい。

「ああ、舞子先生」

最初に気づいたのは池波だった。

「何かあったんですか」

「これ」

池波に指し示されるまでもない。それを見れば何が起きたかは一目瞭然だった。

飼育エリアは園児たちが世話している小動物たちが集められている場所で、アヒル小屋や小鳥のケージ以外にも金魚やメダカなどを放っている池がある。水深三十センチもないような浅い池だ。

その池で、飼っている魚のほとんどが白い腹を見せて浮かんでいた。

「これは……」

舞子がしゃがみ込み、池に手を伸ばそうとしたところで池波に制止された。

「迂闊《うかつ》に触れない方がいいね。多分、池に何かが投入されている」

「投入って」

「いくら暑くなったからって、金魚がのぼせて浮かんでくるような水温じゃない。見てみろよ。サワガニまで浮いている」

池波は不快そうな顔をした。

「多分、毒物だ。水の色も濁っているしね。飼っている魚が殺されたのも問題だけど、毒物を放り込まれた事実の方が大きいよ」

舞子はいったん伸ばした手をそろそろと戻す。

最初に発見したのは、今日の朝当番である年中すみれ組の担任桐野《きりの》真帆《まほ》だった。朝当番は出勤してから園内を回るのが仕事なのだが、運動場ですぐ異変に気づいたのだと言う。

「これだけの数が浮かんでたら、遠目からでも丸分かりだからね」

「でも、いったい誰がこんなことをするの」

さあ、というように池波は小首を傾《かし》げてみせる。

「一番楽観的な見方は園児のイタズラかな。あれくらいの子供だと、小動物をオモチャの一種みたいに捉える子もいるからさ。好奇心からこんなことをした可能性だってある」

「でも、毒ですよ」

周囲には池波以外の教職員もいるので、迂闊なことは言えない。

「舞子先生ね、毒ってひと口に言っても、池に生息する生き物を絶命させる程度の毒物なら、そんなに入手は難しくないんだよ。漂白剤とかトイレ用洗剤とか放り込んでも、充分目的は達成できる」

舞子は無言で頷《うなず》く。幼稚園教諭を続けていれば、園児がその類いのイタズラをして自宅のペットを殺してしまったエピソードなどいくらでも耳にしている。

「でも池波先生。園児は四六時中わたしたちが見ているんですよ。そんな毒物を池に投げ入れるところを目撃したら、誰かが止めます」

「そりゃあ舞子先生は目敏《めざと》いし、さくら組は二十人きりだから監視も行き届くだろうけど、ここには三十人クラスとかもあるし、要領のいい子なら先生の目を誤魔化すことだって覚える」

「でも、閉園した後は夜当番の先生が園内を見回るんですよ。異状があれば、その時にも発見できるじゃないですか」

「うん、園児がやったのならそうなるんだよね。第一、昨日の夜当番は僕だったから、その時点で池に異状がなかったのは誰よりも知っている」

そして池波は困ったように、また小首を傾げる。

「だから余計に厄介なんだよなぁ」

何がどう厄介なのかを訊《き》こうとしたちょうどその時、向こう側から三笠野が小走りでやってきた。

「朝っぱらからいったい何の騒ぎですか」

人を掻き分けて池に近づき、そこに浮いているものを見て目を丸くする。

「池波先生、これは」

「ご覧の通りです。まだはっきりした訳じゃありませんけど、誰かが池に毒物を放り込んだみたいです」

池波は今しがたの話を三笠野に繰り返す。

「ただですね。園児のイタズラなら、まだ可愛《かわい》いものなんですよ」

「どういう意味ですか」

「あれです」

池波は池の背後に立ちはだかる金網フェンスを指差す。高さは約二メートルで園児たちには、さぞかし高い障壁に思える。ただし大人であれば、よじ登ることなどいとも簡単だろう。

「敷地内にはたった一台だけ監視カメラが設置されていますけど、この飼育エリアは死角になっています。大人なら易々《やすやす》入り込めるし、子供でも金網の間から手くらいは挿し入れることができます」

池波の言わんとしていることが舞子にも理解できた。つまり、池に毒物を混入させることなら敷地外からでも、しかも誰でも可能ということだ。

「だからイタズラであるのは同様ですけれど、犯人捜しとなると困難でしょうね」

説明を受けた三笠野は困惑を隠そうともしない。その場に立ち尽くしたまま、目の下をひくひくと動かしている。だが池波は三笠野の反応を無視して言葉を続ける。

「園内だけに限定できるなら内々に処理できると思うんですけど、これは部外者の可能性もあります」

「警察に届けた方がいいというのですか」

いかにも気が進まないという口ぶりだった。三笠野に限ったことではないが、学校施設には警察官の立ち入りや介入を回避したがる傾向がある。警察沙汰になること自体が不祥事だと思っているからだろう。

「イタズラであったとしても毒物が使われていますから。大ごとにならなければいいんですが、もし万が一そうなった場合、事前に警察へ届け出ていたのとそうでないのとでは、保護者からの反応も大きく違ってくるんじゃないでしょうか」

横で聞いていた舞子は池波の老獪《ろうかい》さに舌を巻く。普段はへらへらとしているのに、要所要所の判断は決して外さない。今のも個人的な感想を告げるようなふりをして、三笠野を誘導している。

三笠野も池波が言外に忠告しているのは重々承知しているに違いない。渋々といった体《てい》で何度か頷いてみせた。

「言われるまでもありません。園にとって園児の安全は最優先事項です。早速、警察に届け出ることにしましょう」

三笠野が踵を返した途端、舞子は池波に耳打ちをする。

「策士」

「お褒めに与《あずか》って光栄至極」

「ディスってるんだけど」

「でも、どのみち警察には来てもらった方がいいだろうな。大ごとにならなきゃいいってのは本音だけど、ああでも言わないとあの人は腰を上げようとしないから」

「上司を操縦していい気分？」

「冗談。園長先生だって警察に届け出た方が何かと弁解できるのは承知しているさ。ただ背中を押してもらいたがっていたから押してやったまでの話」

やはり策士だと思った。


所轄の世田谷署から二人の捜査員がやってきたのは、それから一時間後のことだった。世田谷署生活安全課の古尾井《ふるおい》雅人《まさと》と名乗ったその刑事は中年のひどくおっとりとした男で、黙っていれば田舎の役場で腕カバーをしているくたびれた職員にしか見えない。もう一人は菅田《すがた》という若い刑事だったが、こちらは古尾井の補佐に徹しているのか、あまり口を開かない。

池の水を少量サンプルとしてガラス容器の中に採取する。古尾井は容器の中の液体を目の高さに掲げて矯《た》めつ眇《すが》めつしている。

「ふーん。確かに何か混入されてますね。一応、鑑識に回しておきましょう」

さてと、と言いながら古尾井は重そうに腰を上げる。

「それじゃあ、お手数ですが皆さんからお話を訊きたいと思います。どこか、全員が集まれる場所はありませんか」

教室はどこも相応の広さがあるので、教職員全員を集める場所に苦労はしない。それでも園児の集う場所に刑事を招き入れるのには抵抗があったらしく、結局三笠野は職員室をその場所に選んだ。

「ええっと、被害はメダカ四十五匹、金魚二十三匹、フナ三匹、それからサワガニが五匹……これが被害総数で間違いありませんね」

「間違いありません」

飼育日記と浮いていた死骸を突き合わせていた鈴香《すずか》が答える。

「昨日、閉園時のチェックをされた方は」

わたしです、と真帆が手を挙げる。被害内容はともかくとして警察の事情聴取を受けるというシチュエーションに慣れないのだろう。受け答えに緊張が見られる。

「その時は何も異状がなかったんですね」

「は、はい。夕方には正門の施錠をするんですけど、その前に残っている園児がいないかを確認するために、建物の中と運動場を巡回するんです。その時、飼育エリアにも行きましたけど、池には何も変なところなんてなかったです」

「水の色も、ですか」

先刻の池の色は白く濁っていた。古尾井の質問の意図は、閉園間際に放り込まれた毒物が翌朝までに作用したのではないかという疑いだろう。

だが真帆は首を横に振って、これを否定した。

「以前、似たようなことはありませんでしたか。池に限らず小動物が虐待されたとか」

「そういうことは一切ありません」

ここは三笠野が〈一切〉を強調して断言する。幼稚園内には毛先ほどのトラブルもないと言いたいのだろうが、それを聞いている古尾井の表情はどこか醒めている。

「では、園児あるいは職員のどなたかが誤って薬品を池に流してしまったとか。もしお心当たりのある方は挙手をお願いします」

反応なし。

「では、この幼稚園に対して何か不満や恨みを持つ者に心当たりはありませんか」

これにも反応なし。

「そうですか。それじゃあ後は近所で怪しい人物がいたかどうかを訊き込みしましょうか」

あまりに事務的な口調なので、舞子はつい訊いてみたくなった。

「質問、よろしいですか」

古尾井は驚いたように舞子を見る。

「質問するのはこちらの仕事なんですが……まあ、いい。何でしょうか」

「刑事さんは、これをただのイタズラか何かだと考えていらっしゃるんですか」

「現状ではそれほどの悪意は感じられませんねえ。池の周囲を拝見しましたが、閉園後も容易に薬剤を投入できる状況ですし」

口調に熱心さが聞き取れないので、舞子は率直に訊いてみた。

「犯人を逮捕できる可能性は小さいのでしょうか」

「逮捕、というかこの場合は、仮に犯人が特定できたとしても、『悪気はなかった』と言われたら、なかなか厳重な処罰という訳にはいかないでしょうね。略式起訴か厳重注意で終わる可能性があります」

「それは、大した罪ではないということでしょうか」

「うーん、まずですね。同じ動物を殺すのでも、動物の扱いによって適用する法律が違うのですよ。一例を挙げれば牛とか豚とか山羊とかの家畜、それから猫・犬といった哺乳類もしくは鳥類・爬虫類《はちゆうるい》などのペットは愛護動物と見做《みな》されて、これを殺した者は〈動物の愛護及び管理に関する法律〉に違反し、これは二年以下の懲役または二百万円以下の罰金となります。しかし他人の飼っている動物となると器物損壊の扱いになってしまいます」

器物損壊。

ひどく乾いた語感に戸惑いを覚える。園児たちが熱心に世話をし、その生育に一喜一憂している対象が「器物」として扱われることに拭いがたい違和感がある。

それと同時に、古尾井たちのやる気のなさが理解できた。園の関係者には不吉な事件であっても、警察にとっては鉢植えを割られるのと同等ということだ。

「じゃあ、警察はこれを器物損壊事件として捜査する訳ですね」

「ええ」

古尾井は言下に答える。変に勿体《もったい》ぶらないのも事務的なのも普段の舞子には好印象のはずなのに、今日に限って抵抗がある。

次に声を上げたのは池波だった。

「仮に犯人が捕まっても略式起訴か厳重注意に終わるんですか」

「犯人がどんな人物かにもよりますがね。たとえば前科のある者、危険な行動にでる可能性のある者が幼稚園に忍び込んで池に毒物を流し込んだのと、中高生あたりが悪ふざけして池に洗剤を振り撒いたのでは、結果が同じであっても扱いが違って当然とは思えませんか」

先刻古尾井が口走った訊き込みというのは、それを確定するためか。だが園の周辺に危険人物が存在しているなどという噂《うわさ》は聞いたことがない。あれば母親たちの話からこちらに洩《も》れているはずだ。

「先生方は幼児をお預かりでいらっしゃるのでご心配なのもやまやまでしょうが、それほど過敏になられる必要もないと思いますよ」

古尾井は居並ぶ教職員たちを宥《なだ》めるように言う。警察の立場として一般市民を安心させようという姿勢は理解できるが、舞子の胸は納得できない。

「園児を預かっている身ですから、過敏なくらいでちょうどいいのではないでしょうか」

これには古尾井のみならず、三笠野をはじめとした教職員たちもぎょっとしたようだった。

「池に毒物を流し込んだこと、園児たちの飼っている魚たちを殺した罪が大したものでないのなら、犯人に厳罰を求めても無意味なのは分かっています。でも、園児には金輪際このようなことは起きないと安心させてやらなくてはいけません。厳重注意なら本当の意味で厳重な注意をしていただいて、今後犯人が園の半径五百メートル以内には近づかないようにしてほしいです」

古尾井は自尊心を傷つけられたような顔で舞子を見ている。隣に座っていた菅田は何事もなかったかのようにしきりにメモを取っている。そして三笠野はと見れば、交互に舞子と古尾井の顔を見比べている。

「先生方のご不安は確かに伺いました。こちらとしてもできるだけのことはしますので、今後も捜査にご協力ください」

できるだけのことはする——言い換えれば、無理や能力以上のことはしないという意味だ。

舞子はげんなりとなった。

二人の刑事が退出してから、案の定三笠野から釘を刺された。

「園児可愛さについ洩らしてしまったのも分かりますが、わたしの頭を飛び越えた発言は控えてほしいですね。舞子先生の個人的意見が園の総意と思われかねない」

　はて園児に安心をもたらすのが園の総意でないとするなら、三笠野の言う総意とはどんな内容なのかと思ったが、口にはしなかった。不用意な発言は自縄自縛を招く。普段の冷静な自分を取り戻すべきだ。

　園長室から出てくると、廊下に池波の姿があった。

「お疲れ様。いや、ホントの意味で」

「……らしくなかったと思ってるんでしょ」

「逆、逆。舞子先生ってさ、職業倫理に忠実じゃなかったり、プロ意識なかったりする人間に殊の外厳しいからね。さっきのはその発露として、とても自然だった」

　そういうことだったのか、と腑に落ちた。しかし自分でも意外な行動を他人に解き明かしてもらうというのは、あまり愉快なものではない。

「その観察力、どこで養ったんですか」

「んー、舞子先生と一緒」

　池波は邪気のない顔を向ける。

「子供たち一人一人をさ、怪我《けが》しないようにとか、次はどんな行動に出るのかとか、こんな質問をぶつけてきた意図は何だとか考えているとさ、大人よりボキャブラリーが少ない分、こっちが考えなきゃいけないじゃない。そりゃあ観察力も洞察力も身につくっ

「思うんだけどさ。大人だからって子供より勝っている部分なんて言葉と経験値と世渡りくらいじゃないのかな。誰でも感情に走る時って、精神年齢は五歳に戻っているもの」

「わたしは幼児と同レベルの思考回路ってことかしら」

てもの」

2

飼育当番はクラスの持ち回りなので、池に飼っていた金魚が殺された事件はさくら組の園児にも相当の衝撃だった。舞子が事実を告げた途端、泣き出す園児までいた。

しかし一番心配な反応を示したのが結愛だった。

金魚が死んだと告げられると、突然結愛は顔色を変えてぶるぶると震え出したのだ。

舞子はこの時ほど、自分の迂闊さを呪ったことはなかった。結愛はまだ父親を失くしたばかりで、生き物の死に過敏になっていたに違いない。そんな時に自分が育てていた小動物の死を知らされたら、どうにかなるに決まっている。

「結愛ちゃん」

震えが止まらない結愛に駆け寄り、全身を抱き締める。

震えを抑えるように。

結愛の鼓動が自分と同じになるように。

「大丈夫だからね、結愛ちゃん」

耳ではなく、心に届くように囁《ささや》きかける。

しばらくそうしていると結愛の震えは次第に小さくなっていった。ただし不安が残っていたので、舞子は保健室に彼女を連れていくことにした。その上で早々に帰宅させた方がいいだろう。

保健室へ向かう途中、結愛は放したら死ぬとでもいうように舞子の手をきつく握り締めていた。

急を聞いて駆けつけてきた香津美は、娘よりも震えていた。

「飼っていた金魚が死んだと聞いただけで？」

父親の死が打撃だった、という説明は不要だった。香津美は事情を察したように目を伏せる。

「主人の……」

「はい？」

「家にはまだ主人の匂いが残っているんです。だから結愛がいつも主人を思い出してしまって……。幼稚園に預けている間は忘れてくれるだろうと期待していたんですけど、幼稚園でもそんなことがあるんだったら、わたしは結愛をどこに預けたらいいんでしょうか」

返す言葉もないまま、舞子は犯人に対して静かな怒りを燃やす。

これは二次被害だ。

本来、生が煌《きら》めくはずの場所に死が持ち込まれた。まるで墨汁を水面に垂らすかのように、平和だった幼稚園に漆黒が広がる。子供たちは身近に潜んでいた死に怯《おび》え、先に近しい者の死に対峙《たいじ》させられていた結愛には二度目の衝撃を与えた。

仮に子供のイタズラであっても許せないと思った。悪気の有無など関係ない。もし警察が犯人を特定してくれたら、そいつをむち打ち症になるくらい平身低頭させてやる。

「それでも今の結愛ちゃんには、お友だちのいる環境が必要だと思います。幼稚園内のトラブルはわたしたちや警察が早急に解決します。どうぞ結愛ちゃんを家に引き籠らせないでください。あまりいい結果にならない可能性があります」

担任として助言しなければならないことは言った。後は本人と保護者の問題だ。

香津美は最後に深く頭を下げてから結愛を連れて帰った。それを見届けてから、舞子は園長室に向かう。園児が突発的な理由で降園した場合には、口頭でも文書でもいいので報告する決まりになっている。

事情を聞いた三笠野は、物憂げな顔で舞子を見る。

「タイミングが最悪でしたね」

それは舞子も同感だった。

「結愛ちゃんに限りません。自分たちの育てていた生き物が殺されたことで、他にも心が傷ついた園児がいるはずです。今のうちにケアをしないと、こんな風に日常生活に支障を来たす子供がまた出てきます」

「しかし、こと心の問題になってくると専門医にも参加してもらわなくてはいけません。一番手っ取り早いのは、一刻も早く犯人を逮捕してもらうことなんですけれどね」

語尾が皮肉っぽく聞こえるのは舞子の錯覚ではあるまい。三笠野も今日の世田谷署の対応に懐疑を抱いているのだ。

「正直、毒物というか薬剤の介在があるため警察に通報しましたが、わたし自身は小中学生のイタズラだと思っています。これで警察が早々に解決できなかったらお笑い草ですよ」

「でも、わたしたちは笑ってばかりもいられません。今、わたしたちができることは二つのうちどちらかです」

「二つというのは？」

「園児たちに生命の儚《はかな》さを徹底的に教えるか、さもなければ徹底的に生き物の死から遠ざけるかです」

「両方とも極端です」

三笠野は言下に告げる。

「確かに幼稚園では情操教育が課題になっていますが、そこまで突き詰めた内容はむしろ義務教育に上がってからの話でしょう。我々がするべき授業ではありません」

三笠野がこう答えるであろうことは織り込み済みだ。この園長が保身に走りやすく、責任を取りたがらないのはとっくに学習している。それでも敢えて進言したのは、何もせずに放ったらかしにしていたのでは三笠野と同じだという思いがあるからだった。

「わたしたち園ができることは、地域と連携を取りつつ、園児たちを取り巻く環境を安全に確保することです。要は、以前から行っていたことを継続すればよろしいのです」

いっそ〈事なかれ主義〉とかのタイトルをつけて額に飾っておきたい言葉だと思った。

「失礼します」

舞子は言うだけのことは言ったつもりで園長室を退出する。

だが、実は言い足りなかったことが翌々日になって判明する。

二日後の五月二十日、舞子が出勤するとまたぞろ飼育エリアの前に人だかりができていた。既視感どころではなく、舞子は再び同じことが起きたのだと直感する。

人だかりの中には、やはり池波の姿があった。

「今度は何」

池波は質問に答える代わりに道を開けた。

池の近くに太い縄状のものが落ちていた。

ヘビだ。

「模様からするとアオダイショウみたいだね」

横から池波が解説する。以前、片田舎の幼稚園に勤務していた頃、舞子も度々目撃していたので知っている。どうやら都会でも生息しているらしい。

「いや、さすがに埼玉のあそこみたいにうじゃうじゃいる訳じゃないけど、ネズミのいるところには大抵いるしね」

今日の朝当番は年中たんぽぽ組担任の丸山健介《まるやまけんすけ》だった。いつも通り正門を開け、建物内から運動場へと巡回した際、このヘビを発見したらしい。

「見てごらんよ。頭が潰されてる」

「もう見てる」

「園の先生だったら、ヘビを見つけて殺してしまっても、こんな風に放置しておかないよな」

「池の魚を殺したのと同じ犯人だと思う？」

「さあね。でも別の人間である確率の方が低いような気がする」

「どうして」

「二日前の事件に便乗するとしてもさ、それだけの理由でわざわざヘビを捕まえる手間をかけるなんて思い難《にく》いじゃない」

舞子は妙に納得してヘビの死骸に視線を移す。

頭を潰され、ぴくりともしない長い身体。先日の白い腹を見せて浮かんでいた魚たちと同様、流血はないもののひどく禍々《まがまが》しいものに映るのは、殺戮《さつりく》者の意図が見えないせいだろうか。

「とにかくさ、世田谷署の面々が到着するまではこのままにしておくしかないね。現場保存っと」

まさか刑事ドラマよろしく死骸の周囲に黄色いテープを張り巡らせる訳にもいかず、発見者の丸山と池波がその場で見張りを続けることになった。

知らせを聞きつけて古尾井と菅田がやって来たのはそれから二時間も経《た》ってのことだった。若葉《わかば》幼稚園からさほど離れていないにも拘《かかわ》らずすぐに駆けつけて来なかったところに、世田谷署および古尾井たちの関心の薄さが見てとれた。

古尾井は現場に残されたヘビの死骸を一瞥《いちべつ》すると、倦《う》んだ顔をした。

「外で殺してから、ここに投げ込んだのでしょうな。その方が簡単だろうし」

やる気のなさそうな口調が鬱陶《うっとう》しくてならない。他の教員とともに後方で控えていた舞子は、つい口を開く。

「同一犯だと思いますか」

「先生たちの騒ぎを見聞きして、真似《まね》をしたヤツかも知れませんな。ヘビ一匹殺して刑事が駆けつけてくるなら、こんなコスト安の見世物はありませんから」

分かりやすい皮肉だった。

「ただ今回の被害者はおたくで飼育していた動物ではありませんから、せいぜい軽犯罪法に抵触する程度ですね。それでも被害届を出しますか」

質問されたかたちの三笠野は思案顔で頬に手をやる。判断に迷った顔ではない。言い繕う言葉を探している時の顔だった。

「軽犯罪、というと、つまり園内にゴミを投げ込まれたようなものだと？」

「解釈としては間違っていません」

「届を出せば捜査してもらうことになるんでしょうね」

「ええ、前回と同様にご近所を回り、ヘビの死骸をぶら下げた怪しい人物を目撃しなかったかを一軒一軒聴取するんです」

こうまであからさまだと皮肉にもならないが、三笠野に対する効果は覿面《てきめん》だった。

「……今回、被害届は出しません。ご足労をおかけしました」

「そうですか。まあ、何かあったら連絡ください。対処はしますから。ああ、それから先日の件ですがね、池に流されたのは塩素系漂白剤でしたよ。市販のごくありきたりな薬品ですが一本丸々池に放り込んだら、そりゃあ中の生き物は全滅するとのことでした」

あたかもそれが最大の成果のように言い残すと、古尾井はさっさと立ち去っていく。

後に続こうとした萱田が不意に舞子の方を振り向いた。

「あまりそんな目で睨《にら》まないでくださいよ」

言われるほどきつい目をしていたらしい。

「あのですね、わたしたち事件係というのは刑法以外の犯罪の他にストーカー対策やら不法アクセスやら不法投棄やら、結構多岐に亘《わた》っているのに」

「人数が少ない」

「ええ、それ。そういう事情があるのもご理解ください」

言い訳がましく残してから、萱田も古尾井の後を追う。今更ながら、萱田が口を利いたのを見たのはそれが初めてだった。

「その軽犯罪に僕たちは振り回されているんだけどなあ」

池波が誰にともなく愚痴《ぐち》り始めた。

「大体、仕事の内容が多岐に亘っていて人間が少ないってのは、我々も一緒なんだけど」

教職員の何人かが同意を示して頷く。

結局、ヘビの死骸はそのまま幼稚園で処分するしかなかった。

だがそれで終わった訳ではなかった。

五月二十三日、今度はアヒル小屋で異変が起きたのだ。

園で所有されたものが損傷されたのだから、舞子は自信を持って世田谷署に通報するべきだと主張した。警察に対しては及び腰の三笠野も、舞子の意見に従わざるを得なかった。

「今度はアヒルですか」

現場に呼ばれた古尾井は露骨にうんざりとしていた。

「ええ。ただし軽犯罪よりも重いと思います」

答える池波は穏やかながら挑むように相手を見ている。

「とにかく見てください」

池波の指差す方向に惨状があった。

飼育エリアにある小屋の前に、アヒルの首が転がっている。

小屋の出入口は園児でも外せるように簡易な閂《かんぬき》になっているが、連れ出されてから切られたらしく辺りにはおびただしい血が撒《ま》き散らされている。血は点々と地面に線を描き、一メートルほど延びた先に今度は首なしの胴体が横たわっている。

女性教職員たちはこの光景を見て戦慄したようだが、田舎勤務で鶏を絞める現場を目撃した舞子には驚きでも何でもない。鶏は首を切断しても、しばらく胴体だけで動く。

古尾井もその習性は知っているのか、離れた場所にある胴体を見ても眉一つ動かさない。視線は小屋の出入口に固定されたままだ。

「死骸を発見した時、閂は下りていたんですか」

「それは僕が下ろしたんですよ」

答えたのは池波だった。

「今日の朝当番は僕でしてね。ここに来た時には閂が外れたままで、他に二羽が外に脱走していたものですから、回収した後に閉めました」

「じゃあ、閂に触ったのですね」

「ええ。指紋がべっとりついていると思います。気づいた時には後の祭りですよ。どうせ僕の指紋を採取するんですよね」

「いや、あなただけでなく、教職員の皆さん全員の指紋を採ることになると思います」

古尾井は面倒臭そうに言う。

「発見した時の状況は今言われた通りですか」

「ええ。もちろん正門は施錠されたままでした」

「となると、犯人はこの金網をよじ登って敷地内に侵入し、アヒル小屋から一羽を引き摺《ず》り出した、ということか」

「盗むのではなく、その場で首を切った点に悪意を感じます」

「警察としては金網を乗り越えた時点で悪意と捉えます」

古尾井はここに至って、ようやく刑事らしい猜疑心《さいぎしん》のこもった目で教職員たちを見回した。

「フェンスの金網とアヒル小屋には今日一日、誰も手を触れないでください。それから先ほど言った通り、皆さんの指紋を採取させていただきます。面倒ですが捜査にご協力ください」

事務的ながら本腰を入れた感と、自分たちも容疑者の中に数えられている緊張が綯《な》い交ぜになり、教職員たちのほとんどが表情を硬くする。例外はいつもながら飄々《ひょうひょう》とした池波だけだ。

「ところで古尾井さん。警察ではこれを二つ目の事件と数えますか。それとも三つ目の事件としてカウントしますか」

「池波先生、でしたね。それは先日のヘビの事件も一連として数えるかという意味ですか」

古尾井は忌々《いまいま》しそうに唇を歪《ゆが》ませる。

「まあ、同じ敷地内、同じ時間帯、同様の対象となれば、一連の事件として扱わざるを得ないでしょう」

「残念ですね。ヘビの遺体は既に処分してしまいました。地中に埋めて手厚く弔ってやったんですが、必要なら墓を暴きましょうか」

今回は池波の皮肉が勝っていた。

「いや、結構です。ヘビの頭を潰すならそこいらの石で充分でしょうから。今回のアヒルの死骸の方が証拠能力は上です」

「切断面から凶器を特定するんですね」

「まあ、そういうことです」

古尾井の言葉通り、アヒルの首と胴体は菅田が回収してナイロン袋に収めていた。加えて園長をはじめとする教職員全員の指紋採取も怠らない。

だが捜査と呼べるのはたったそれだけで、古尾井は園長とふた言み言交わすと、またもそそくさと園を出て行ってしまった。

「まあだ誰かのイタズラだと決めつけてるみたいだなあ」

警察の振る舞いを観察していたらしい池波は、納得できないという口ぶりだ。池波と同じく古尾井への不信感を払拭できない舞子は、ふと池波の考えを知りたくなった。

「池波先生は誰かのイタズラだと思ってないんですね」

「生き物を殺すのはイタズラの範疇《はんちゅう》を越えている。子供がやったんじゃないとすれば尚《なお》更《さら》だ」

理屈は言わずもがなだ。精神が未発達の幼児が小動物をオモチャ代わりにするのと、分別のついた大人が他人の飼っている家畜やらペットやらを惨殺するのでは行動原理が違ってくる。

「園に対する嫌がらせだとしても、犯人の目的や真意がまるで読めない。幽霊や物の怪《もののけ》の類いと一緒でさ、正体不明なものには恐怖が付き纏《まと》うよ。それが僕たちのみならず、園児や母親に伝播するのが怖い」

　これもまた腑に落ちる話だった。


二度あることは三度ある。三度を超えれば日常になる。

四度目の殺戮の発見者は舞子だった。

五月二十六日、正門を開けた舞子は飼育エリアのある方角に視線を向けた。最初の事件が起きてからというもの、出勤したらまずそちらに目がいくようになっていた。

飼育エリアに異状はなかった。

ほっと胸を撫《な》で下ろし、視線をフェンスに移動させてその異物を発見した。

飼育エリアの向かい側にそびえるフェンス。その内側に黒い雑巾のような物体が吊り下げられている。

行くなという警告と、確認しろという命令が同時に発令される。

舞子は小走りに駆け出す。しかし意に反して、足は縺《もつ》れ気味になる。

フェンスに近づくにつれ、次第に異物の輪郭が明確になっていく。

雑巾ではない。

猫だ。

黒猫がだらりと吊り下げられていたのだ。

舞子は叫び出しそうになるのを堪《こら》え、生唾を呑《の》み込んだ。周囲に怪しい人影がないのを確認すると、ポケットから携帯端末を取り出して世田谷署に通報した。

一番に知らせたというのに、今回も古尾井たちの到着は園関係者の後になった。三笠野をはじめとした教職員のほとんどが顔を揃えている中、遅れたことに臆面もなくやってくる。

「今回はあなたが発見者ですか」

古尾井はフェンスの猫に向かって顎《あご》を突き出す。

「あの猫は幼稚園で飼っていたんですか」

「猫は飼っていません」

舞子の前を横切り、古尾井は手袋をした手で死骸に触れる。

「首輪はなし。体毛は泥だらけ。なるほど飼い猫ではないようですね。ナイロン紐《ひも》で首を絞められているが、この紐はと……」

喋《しゃべ》りながら指先で紐の走る方向を辿っていく。紐はフェンスの上で外側に折れ、そのまま死骸の背後に続いている。

「フェンスの外側でいったん猫を絞め殺してから、こちら側に投げて寄越したんですな」

幼稚園では猫を飼っていないから外で調達した――つまりはそういうことだ。

「だんだん手口が悪質になっていますね」

手口だけではない。敢えて誰も口にしないが、被害対象がアヒルから猫になった途端、死骸の禍々しさも犯人の薄気味悪さも倍増した。死骸に流血や損傷はないものの、生物の死がもたらす絶望と虚無は圧倒的だ。陽射しで気温が上昇しているはずなのに、背筋から悪寒が抜けない。

しかしまあ、と古尾井は急に口調を変える。

「罪状は軽いですな」

だから真剣に捜査する必要はないという口ぶりだった。

さすがに三笠野は色をなした。

「軽犯罪でも四度も続いたら、完全な威迫行為ですよ。もうイタズラの範疇を越えている」

「若葉幼稚園の皆さんはそうでしょうね」

あまりに他人事《ひとごと》のような物言いに、今度は他の教職員までがむっとしたようだった。

前回も世田谷署は教職員の指紋を採取し、アヒルの死骸を持ち帰ったが、それ以外の捜査をしなかった。意地の悪い見方をすればかたちだけ調べたようにしか見えなかった。もし本腰を入れて捜査していれば、第四の被害は起こらなかったのではないかという思いがある。

「いったい警察は何をしていたんですか」

舞子は努めて冷静に言ったつもりだった。

「世田谷署の生活安全課というのは、みすみす四回も同じ場所での犯行を許してしまうんですか。それで防犯と言えるんですか」

「我々もただ手をこまねいていた訳ではありません」

古尾井はいささかも動じない。舞子の舌鋒《ぜっぽう》が鋭くなればなるほど、のらりくらりと逃げている風だ。

「あの後もアヒルの切断面から、使用された刃物を大方特定できています。アヒル小屋に、皆さん以外にも不明な指紋が残存したことも判明しています」

「だったら早く犯人を絞り込んでください。わたしたちはともかく、園児たちに神経過敏の徴候が見られます。早く犯人が捕まらないと、園での授業に支障を来たします。世田谷署は子供たちをいったい何だと思っているんですか。もし子供たちが登園拒否になったら、その責任の一端は警察にあるんじゃないですか」

「なかなかに辛辣《しんらつ》ですが、地域の安全を護《まも》る立場としては否定できないところですな」

まるで他人事のような物言いは相変わらずだ。

「ただ、こうした捜査が一朝一夕に解決するものではないこともご理解ください。捜査は進んでいます。捜査上の情報を安易に公表できない手前、皆さんに不安を抱かせているかも知れませんがね」

猫の死骸とナイロン紐は、前回と同様に菅田が回収していった。

捜査員二人が去った後、池波がぽつりとこぼした。

「あの二人、気づいているのかな」

思わせぶりな言い方に舞子は引き留められる。

「何のこと」

「被害に遭った動物たちの関連性だよ。嫌な話なんだけど、これ、ちゃんと順番があるんだよ」

「それはサイズの小さなものからという意味でしょ」

「違う。種の問題」

振り向いた池波の目は多分に苛立《いらだ》っていた。

「最初が金魚やフナ。これは魚類だ。二度目はヘビ。これは爬虫類。三度目がアヒルで鳥類。トリというのは大型爬虫類の進化形とも言われている。そして今回が猫、つまり哺乳類。これはさ、ダーウィンの進化論に即した順番になっているんだよ」

突拍子もない着眼点に舞子は言葉を失う。

「それからもっと嫌なのはね、仮にこの後も続くとしたら次は霊長類の番じゃないかってこと」

3

次は霊長類の番だとする池波の考えはともかくとして、世田谷署からはその後も捗々《はかばか》しい報告が為《な》されなかった。

アヒルの首を切断した刃物がどんなものであったのか、そして四つの事件について目撃証言があったのかどうかさえも教えてくれようとしない。

「捜査に関する情報は非公開というのは分かりますが、こちらは被害者なんですからね。園児と保護者を安心させるために、進捗《しんちょく》くらいは教えてほしいものです」

三笠野はたらたら不満をこぼしたが、目撃者の有無については舞子や池波も予想していたことがある。幼稚園は住宅地の中に建っており、夜でも会社帰りのサラリーマンやOLが前の道路を歩く。そんな中をヘビや猫の死骸をぶら下げた人間が人目を引かないはずもなく、それにも拘らず近所の噂にも上っていないのは、犯行が人通りも途絶えた夜半であることが予想された。もっとも予想できたとしても、深夜の舗道に死骸をぶら下げて徘徊《はいかい》する者の姿を想像するのは薄気味悪いだけだった。

一方、舞子の心配は日に日に現実味を増してきた。

持ち回りで飼育当番をさせているので、飼っている動物の減少に園児たちが気づかぬはずもない。最初は魚、次はアヒル。いなくなった理由を尋ねられた担任が、答えをはぐらかしたのもまずい対応だった。

若葉幼稚園で起こっている異変は、既に園外に洩れていた。人の口に戸は立てられない。口の軽い教職員が母親の一人に洩らした言葉は、たちまち燎原《りょうげん》の火のように広がる。それでなくても四度に亘って世田谷署のパトカーが園の前で停まっていたのだ。警察絡みとなれば噂の広がりに拍車が掛かる。

不幸中の幸いは園児の誰一人として動物の死骸を目撃せずに済んだことだが、これさえも園の内外で噴出する不安の前では慰めにもならない。そして園の方でいくら事実を隠したところで、母親側から子供へと情報が伝われば同じだ。しかも母親側の情報は尾《お》鰭《ひれ》もはひれもついているから余計に始末が悪い。

弊害はさくら組にも顕《あらわ》れていた。園児たちが日に見えて怯えており、あの大翔《ひろと》までもがあまり騒がなくなったのだ。腕白な子供がおとなしくなったのを自分の指導の賜物と自賛するほど舞子は浅はかではない。

念のため、それとなく本人に訊いてみた。

「今日は大翔くん、とても静かだね」

水を向けると、大翔ははにかむように言う。

「……ママに言われた」

「何を」

「いい子でいないと悪い人にさらわれるよって」

「悪い人って?」

すると大翔は舞子の耳元に口を寄せて怖々という風に囁いた。

「金魚やアヒルを殺している人。ママが言ってたけど、怪人のマスクをしたヤツが夜中に悪い子をさらっていくんだって……舞子先生、知ってた?」

なるほど、こういう噂の利用法もあるのかと少し感心した。

もちろん大翔のような微笑《ほほえ》ましいのは例外であり、大抵は親の不安が伝染している例がほとんどだった。中でも顕著だったのはやはり結愛で、見ているのが辛《つら》いほど笑わなくなった。話し掛けても前のように長々と喋り続けることもなくなった。

わずか五歳の女の子が父親の死に対面した直後から、まるで嫌がらせのように死と向き合わされたのだ。心細くなるのはむしろ当然だろう。

園児たちのお迎えもいくぶん早くなった。以前から早かった母親はそのままだったが、今まで仕事の都合で二時間程度子供を預けていた母親も駆けつけてくるようになった。

日々の生活に劇的な変化があった訳ではない。警察の警戒警護が入り、物々しくなった訳でもない。それなのに見えない手で始終裾を握られているような不快感が纏わりつく。

幽霊の正体見たり枯れ尾花——池波の台詞《せりふ》ではないが、犯人の姿も動機も分からないから不安が増す。いっそ犯人の人相なり目的なりが分かれば、こんな気味悪さもないのにと思う。

もちろん、こうした不安を放置しておく母親たちではなく、保護者会は園に対して説明を要求してきた。こうした要請を拒否することもできず、三笠野は休園日の日曜に保護者会の主だった面々を招いて説明会を行った。保護者会からの参加は三十余名、園からは三笠野をはじめ全教職員が顔を揃えての会合となった。

「たとえペットごときとは言え、そういう話があったのなら、わたしたち保護者に報告してほしかったものですね。警察に捜査を依頼するような案件なら尚更でしょう」

開始早々、不満を口にしたのは保護者会の会長岩出《いわで》智房《ともふさ》だった。温厚で人好きのする性格だが、他の保護者から急《せ》かされた手前、どうしても園に対する言葉はきつくなるようだった。

岩出会長とは飲み仲間と聞いているが、こういう席で親交の深さをアピールする訳にもいかず、答える側の三笠野は当惑を隠しきれない。

「保護者会への報告が遅れてしまったのは申し訳なかったと思います。ただ最初が池の中の魚、次にヘビという風に、子供のイタズラという印象が強く、保護者の皆さんには報告するまでもないと判断した一面があります」

「子供のイタズラだと思ったのなら警察に通報する必要もなかったでしょう」

「軽犯罪とは言え、やはり犯罪には違いないので通報しました。保護者の皆さんに要らぬ心配をかけたくなかったのです」

「要らぬ心配ではありませんでした」

声を上げたのは神咲真知《かんざきまち》だ。

「園長先生はそう仰《おっしゃ》いますが、現にこうしてわたしたち母親や子供たちは不安な夜を過ごしています。ウチの陽菜《ひな》は割と物怖じしない子なんですけど、それでも最近は一緒に寝てほしいと赤ちゃん返りしているくらいです」

真知の話を聞いて舞子は忸怩《じくじ》たる思いに駆られる。動物の虐待が始まってから数日、クラスの様子に気を配っているつもりだったが、陽菜がそれほど怯えているのは察知できなかったからだ。話が本当だとすれば、陽菜の負けん気を考慮しても自分の観察力はまだまだ未熟ということになる。

「陽菜だけじゃなく、他のお子さんもそんな風だと聞いています。ずいぶん前になりますけど小学校の授業中、不審者が校内に押し入って何人もの子供を手に掛けたという痛ましい事件もありました。園はもう少し外部の危険に対応するべきではないでしょうか。このままではわたしたちも安心して子供を預けられません」

「神咲さんの意見に賛成です」

次に挙手したのは城田早紀《しろたさき》だった。

「ウチの悠真《ゆうま》にも影響が出ています。さすがに赤ちゃん返りとまではいきませんけれど、最近は暗くなると外を眺めようとしなくなりました。少し前までは決してそんなことなかったんです。変だと思って問い質《ただ》してみると、さくら組では、夜中になると近所をマスクの怪人がうろうろしていて、さらう子供を品定めしているという噂があるんだって。それが子供らしい空想というのは重々承知していますけど、そもそもそういう空想を許す環境はいかがなものかと思います。まあ、子供が暗くなる前に帰ってくるのはめっけものなんですけど」

悠真に怪人云々の噂を吹き込んだのはおそらく大翔だろう。あの腕白小僧は見掛けの割に小心者で、怖がることにも仲間を引き入れようとする。

「夜道を怖がるようになったというのを一概に喜ぶことはできませんね。何しろこの国は水と安全はタダというのが美点であって、女子供が夜道を安心して一人歩きできないというのは防犯上の問題があるとしか言えません」

聞き手となる園側の人間は岩出の発言に顔を強張《こわば》らせる。憤りを覚えたのは舞子も同様だ。言うまでもなく幼稚園の管理責任は園の敷地内に限られる。ところが岩出は住宅地一帯の防犯態勢にまで言及してしまっている。明らかに過剰な責任追及なので三笠野は訂正を求めるべきなのだが、会議を覆う雰囲気がそれを許さない。空気を読む能力に人一倍長《た》けている三笠野は、保護者からの追及を躱《かわ》すように天井を見上げている。

しばらくの間、園の管理責任を問う私語が続いた。不安は往々にして正常な判断を歪ませる。舞子の耳にも聞くだに不愉快な囁きが入ってくる。

「結局は責任逃れなのよね」

「そうそう、見るからに責任取りたくないって感じだもの」

「最近は幼稚園の先生も質が落ちたよね。あたしたちが子供の頃は、もっと先生たちに責任感があって」

「ホントにそう。何かあるとすぐに頬かむりして。それでいて有給休暇を認めろとか給料上げろとか」

「いくら子供の世話が大変だからって、基本二時までなんだし。それから後は単純な事務仕事なんでしょ」

「それで労働者の権利だけ声高に叫ばれてもねえ」

「第一さあ、動物が殺されたのは全部幼稚園の敷地内なんだから、そこは園の先生たちが犯人を捕まえてくれなきゃ。仮に子供のイタズラだとしても、小学校や中学校とは箇単に情報交換できるんだからさ、ちゃっちゃっと犯人くらい割り出せるものだよね」

「やる気がないのよ」

話を聞いていると、いったい幼稚園はどこのブラック企業なのかと思ってしまう。子供を預かり教育するという特殊な面が職業観を曇らせているが、教員はただの労働者に過ぎない。過剰な思い入れをしている職員もいるが、少なくとも舞子自身は個人の取れる責任には限界があるので思い入れも極力排除している。自分の能力以上を課し、無理に背伸びをし、全ての期待に応えようとしても自己崩壊を招くばかりだ。現に小中学校では、仕事を満足に遂行できずに病んでしまった教員が山のように存在する。文科省の発表によれば、平成二十三年度では、公立の小学校で休職中の教師五千二百七十四人のうち六十二パーセントが精神疾患を休職の理由にしている。この数値はブラック企業に勤めている社員並みなのではないか。

だが、そんな理屈は保護者たちに通用しない。当然ながら保護者は自分の子供が第一であり、その安全が損なわれるとなれば真っ先に教育現場の責任を求める。今、舞子が不用意な発言をすれば、たちまち圧殺されてしまうだろう。

「皆さんの気持ちは分かりますが、ここは冷静にいきましょう」

頃合いを見計らって岩出が座を鎮める。鎮めると言えば聞こえはいいが、散々愚痴やら非難やらを吐き出させた挙句だったので自然鎮火のタイミングを見計らった感もある。

「この場は若葉幼稚園糾弾の場ではなく、あくまでも園児の安全を図るのが目的です」

今更それを言うのか。

「園長。まず保護者会の方々を安心させたいのでお訊きしますが、警察の捜査はどこまで進んでいるんですか。四つも事件があるのなら、証拠も充分に揃っているでしょう。園長に何らかの報告があってしかるべきだと思いますが」

これは追及のように聞こえるが、二人の仲を知る者には一種の助け舟にも映っただろう。ここで三笠野が警察の言葉を借りても、園からの進捗説明が為されたということで三笠野に対する心証が若干改善されるからだ。

保護者たちの期待に満ちた目が三笠野に注がれる。だが、三笠野の回答はひどく精彩を欠いた。

「世田谷署からは、まだ明確な報告を受け取っていません」

途端に座が白けた。

「園からも再三再四連絡を入れているのですが、採取した証拠の分類に時間がかかるとかで明確な情報は何も」

「何も？　いや園長、具体的に誰それが怪しいとかの情報ではなく、ただ捜査の進捗状況を訊いているんですよ」

「ですから、その進捗自体を教えてもらえないんです。捜査で得られた情報は機密事項だからとも言われました」

「機密と言っても、若葉幼稚園は届け出た被害者だろう。警察は被害者にも捜査の進捗を教えないというのか」

これは自分の憶測なのだがと前置きした上で、三笠野は説明を続ける。

「一連の事件を子供のイタズラと仮定した場合、容疑者は自《おの》ずと限られてくると思うのです。容疑者の大半は補導歴のある小中学生でしょう。相手が生徒なら、警察の対応もいきおい慎重になります。たとえ容疑者が絞れていても、それを軽々しく口にできないのではないでしょうか」

三笠野らしい、石橋を叩《たた》いて渡るような見解だったが、居並ぶ保護者たちは満足しなかった。すぐに過熱気味の声があちらこちらから上がる。

だが騒然となりかけた時、すうっと静かに手が挙がった。三笠野もその母親を無視する訳にはいかない。

「どうぞ、火々野さん」

香津美への指名で、ざわめきが潮のように引く。

「子供であろうと大人であろうと、やったことの責任は同等ではないでしょうか」

切迫した口調で空気が張り詰める。

「まるで命をオモチャのように弄ぶのがイタズラだとも思えません。だからペットや家畜を殺したら適用される法律があるのでしょう?」

「それはその通りですが……」

「法律に背く者の都合を考えるのも結構ですけど、その行為によってどれだけの園児が精神的な傷を負っているのか、園の皆さんは本気で心配されているのでしょうか。もし今回のことで子供たちの心が病んでしまったら、どう責任を取っていただけるんでしょうか」

「いや、しかし火々野さん。園が一方的にああしろこうしろと要望してもですよ。警察をはじめ他の学校の都合や体面もある訳で……」

この回答が火に油を注ぐ結果となった。香津美が喋っている間は鎮まっていた鬱憤《うつぷん》が、三笠野のひと言でたちまち噴出した。

「いったい園長先生は誰に対して責任を負っているんですか」

「そういう不良への配慮より先に、手を打つべきことがあるでしょうに」

「優先順位を間違えている」

収拾がつかなくなり、再び岩出が場を鎮める。

「ままま、皆さんも穏便に願います。うーん、園長が言うからには警察からの報告がないというのも本当でしょう。これはもう幼稚園側の対応ではないので、そこに保護者会側から注文をつけるのは無理難題というものでしょう」

三笠野の表情にほっと安堵《あんど》が下りる。だが、それは続く岩出の言葉で瞬時に粉砕された。

「そういうことなら園長。ここは大変かも知れないが、警察に頼らずとも若葉幼稚園独自で園児たちを護る方策を立ててくれませんか」

岩出が飲み友だちへの友情より肩書きを優先した瞬間だった。

「無論、保護者会が協力するのも吝《やぶさ》かではないけれど、その前に園から保全策というか今後の態勢について原案を出してくれませんか。そうでなければ、折角の休日を潰してまで集まっていただいた保護者の方たちも納得しないように思う」


保護者会を交えた会合が終わると、教職員たちは三笠野の要請を受けて急遽《きゅうきょ》職員会に参加させられた。

「先ほどはお疲れ様でした。保護者会からは厳しい意見も出ましたが、それも我が子可愛さのあまりと思えば腹も立たないでしょう」

分かったようなことを言うが、それはどうだろうかと舞子は訝《いぶか》る。

舞子は保育に過度の思い入れをしないように努めている。それは赴任して間もなく周知されたことだ。教職員の中にはそれを陰で非難する者もいるが、舞子が見る限り自分以上に思い入れのない者も散見される。ただ熱心な教員を装っているだけだ。

そんな教員が先刻の保護者会に何を思うかなど火を見るよりも明らかであり、親のエゴに共感を抱くはずがない。事実、職員会にまで駆り出されたうちの何人かは、腐った魚のような目をしている。

元々、保護者会に駆り出されることに抵抗があった者も少なくない。自分たち教職員自身が被害者なのに、そんな場に出向いたら糾弾されるのが分かり切っている。しかも今日は貴重な休日だ。席上岩出が口にした「折角の休日を潰してまで」という文言は教職員たちにも当て嵌《は》まる。

「先ほども話が出ましたが、世田谷署からは未《いま》だ有益な情報が入っていません。しかしながら警察の情報がないからといって、我々が手をこまねいている訳にもいきません。ここは一つ園の方からも何がしかの対策を立てる必要があります。そこで皆さんの自由闊達な意見を伺いたいと思います」

死んだ魚のような目をした相手に自由闊達もないものだと思ったが、三笠野は知ってか知らずか、早く提案しろとばかりに教職員たちを睨《ね》め回す。こんな状況下で名案の類いが出ると本気で思っているのだろうか。それとも議論百出すれば、免罪符として事足りるとでも思っているのだろうか。

「まず鈴香先生、いかがですか」

選《よ》りによってどうして自分が、という顔で鈴香は口を開く。

「わたしは……保護者会の要求を丸呑みするべきじゃないと思います。と言うか、あまり大袈裟《おおげさ》にしない方がいいんじゃないでしょうか」

「ほう。理由は？」

「やっぱり一連の事件はイタズラ以外の何物でもないと思うんです。それならですよ。これだけ園にパトカーが来ている、近所でも噂が飛び交っているのなら、犯人もビビるのが普通です。このまま放っておいてもきっと新しい事件は起こさないだろうし、保護者会だって次に何も起こらなければ鎮静化しますよ、きっと」

鈴香らしい考えだと思った。楽観的というよりは認識不足、鷹揚《おうよう》というよりは無責任。生き物を殺すのをイタズラと心得ている段階で、犯人の精神年齢は幼児程度と推察される。そして幼児は気に入った遊びを覚えたら、飽きるか叱られるかしない限り決してやめようとしない。

舞子とて犯人の素性は何も分からない。しかし回を重ねる毎に対象となる生物が大きくなっているので、犯人が昂揚《こうよう》しているのではないかと察しがつく。犯行の日にちがそれほど開いていないのも、自信を備えた証拠だろう。そんな単純なことが、何故《なぜ》鈴香には分からないのだろうか。

三笠野も同様に考えたのか、露骨に不満顔をしてみせる。

「保護者会は何も大袈裟にしろと要望しているんじゃありません。対策を立ててくれと言っているんです。丸山先生はどうですか」

次に当てられた丸山はしばらく俯《うつむ》いていたが、やがておずおずといった様子で面を上げた。

「監視カメラを増設するというのはどうでしょうか」

「ほう」

「現在、園の中に監視カメラは一台だけ。それも正門を撮影範囲の中心に固定してあるだけで、まるで視野を確保できていません。可動式のカメラを、それも複数台設置すれば園内の防犯精度が向上します」

「とても建設的な意見ですね。丸山先生、その場合は何台の増設が必要とお考えですか」

「そうですね……園舎の四方は必須でしょうし、現場に使われた飼育エリアと遊具のある運動場にも要るでしょうから、最少でも六台は必要かと思います」

「六台。当然カメラだけではなく、記録しておくための装置も新調しなければなりませんねえ。予算はどれくらいを見積もっていますか」

問い掛けに対し、丸山はスマートフォンで検索する。

「……品物の価格や業者にもよりますけど、設置代金を含めて百五十万から二百万といったところでしょうか」

「二百万ですか……」

三笠野は切なそうに首を傾げる。

赴任して一カ月もすれば、園のおおよその台所事情は舞子にでも分かる。法人経営だからといって資金が潤沢とは限らない。今の今まで監視カメラが一台きりだったという事実だけで懐の中身が透けて見える。この園は入園希望者が多いが、少子化で法人全体の収入が年々先細りになっているのは容易に想像がつく。案の定、金額を提示された三笠野の回答は渋面だった。

「特別予算になりますから、いったん理事会に要請してみなくてはいけません。いずれにしても明日明後日に実行できる話ではないようですね」

一瞬盛り上がりかけた空気がまた沈む。カネがないから採用できないというのは一番心を挫《くじ》かれる理由だった。

教職員たちを睥睨《へいげい》しながら、三笠野は再度訊く。

「他にご提案のある方は？」

手を挙げる者も声を上げる者もいない。ふと気になって池波に視線を移すと、忙《せわ》しなく指で机を叩いている。何事かに苛ついている時の癖だ。

何を焦っているのだろうか——考えを巡らせているうちに、三笠野が改まった口調で切り出した。

「先生方からの意見も出尽くしたようなので、わたしから一つ提案したいと思います。

どうでしょう、事が収まるまで、明日から園の周囲を二人ひと組で夜回りするという案は」

誰かが、うっと声にならない叫びを上げる。

「犯行はいつも深夜帯に行われているようです。それならば我々の夜回りというのは、一番抑止力になるのではないでしょうか。もちろん目に見えるかたちでの防犯活動ですから、保護者会の賛同も得られるでしょう。皆さんには園外での労務を負担させてしまう格好ですが、これも職務の一つと捉えてください」

空気が更に重たくなった。

いや、空気などどうでもいい。

我慢できずに舞子は手を挙げた。

「舞子先生。何か」

「そのご提案は確かに効果的かも知れませんが、実状に即していません」

「実状とは何でしょうか」

「わたしたち教員の勤務状況です」

言い切った時、他の教職員から熱のこもった視線を浴びているのを感じた。

「園長先生もご承知の通り、わたしたち教員は園児の預かりを終えた後も、反省会、日誌の作成、教材の確認と業務は目白押しです。早い人でも八時前に帰れる人はわずかでしょう」

「ええ、存じていますとも。皆さんの勤勉さにはいつも感謝しております」

「個人的には仕事量が飽和状態になっている感があります。その上、夜回りまで業務の一環にされると、他の業務遂行に支障を来たす虞《おそ》れがあります。第一、町内の夜回りなら町内会なり消防署の役目じゃありませんか。幼稚園教諭のわたしたちがしゃしゃり出ることではないように思います」

「さすがに理路整然としていらっしゃいますね。しかし舞子先生。理路整然で収まりがつかないのは、あなたも最前の保護者会で理解されたのではないですか？　今重要なのは理屈ではなく、我々の姿勢と実績なのです」

舞子は予《かね》てからの自説に自信を持った。

やはりここはブラック企業だ。それも額に入れて飾っておきたいほどの。

休職中にある教員の六割以上がその理由に精神疾患を挙げているが、それとは別の理由もまた存在する。言わずと知れた過剰勤務だ。

教特法によって、公立学校の教員は原則として超過勤務が禁止されている。言い換えれば規定時間以外の勤務は本人の意思によるサービス残業という解釈が為され、結果としてどれだけ時間外に働いたとしても残業代は出ない。これをいいことに、私立の幼稚園でさえも現場の教員は無給の長時間労働を強いられ、しかも保護者の厳しい視線と声を前にしておちおち休んでもいられない。心の病気になる前に、身体に変調を来たして休職を余儀なくされる者も少なくない。

部活動の顧問や家庭訪問をせずに済む分、幼稚園教諭は小中学校のそれより恵まれていると言えるが、三笠野の提案はその悪しき踏襲のようなものだった。

「保護者会からは努力を認めてもらえるかも知れません。しかし本来、子供たちの精神的ケアを仕事としている我々が先に参ってしまったら、それこそ本末転倒のような気がします」

「舞子先生の懸念ももっともだと思います。しかしですね、二人ひと組ということは教職員全員、いやもちろんわたしも含めてですよ。当番制で夜回りするとしても週に一度くらいのものでしょう。週に一度なら何とかなるとわたしは思うのですが、いかがでしょうか、皆さん」

この時、舞子は自分以外にも反旗を翻す者がいることを空気で察した。

いくら何でも反対多数では提案を引っ込めざるを得ないだろう。そう考えた矢先、三笠野はとどめの一撃を忘れなかった。

「ご協力いただいた先生はもちろん園の運営に尽力される訳ですから、評点に加える所存です。いや、もちろん拒否されたとしてもそれで評価が揺らぐことはありません」

これで空気が一変した。

何が評価は揺るがないだ。勤務評定に言及した時点で脅しているのも同然ではないか。

「では、わたしの提案に同意いただける方は挙手を」

これも小狡《こずる》いやり方だと思った。自ら手を挙げさせることで、暗にサービス残業であることを認めさせている。

渋々といった体で手が挙がり始める。せめてもの抵抗で、舞子は最後に挙手することにした。

ところが途中、池波が場違いなほどのんびりとした声を上げた。

「園長。もう一つ提案があります」

「何でしょうか」

「いっそのこと、拍子木を打ちながら夜回りするというのはどうですか」

舞子は快哉を叫びたくなった。悪足掻《わるあが》きの感は否めないが、それでも皮肉としては上出来に思える。

しかし老獪さは三笠野の方が上だった。

「名案ですね。それなら不審者も余計に警戒するでしょう。検討の価値ありです」

4

結局、教職員による夜回りがなし崩しに決められ、舞子は池波とペアを組むことになった。

夜回りは午後十時から深夜零時までの二時間、若葉幼稚園を中心に住宅街を巡回するというものだ。要は二時間歩き続ける訳で、サービス残業にしては体力気力を擦り減らす内容だった。

六月一日が舞子たちの初陣となった。午後十時までに園での残業を終わらせ、着替えてから外に出る。夜回りといっても警棒やスタンガンのように気の利いた道具などなく、あるのは池波が手にした懐中電灯一個きりだ。

「まあ、この装備の貧弱さが全てを語っているんだけどね」

池波は情けなさそうに笑う。実際、笑っていなければ、こんな業務はやっていられない。

「でも、どうしてわたしが池波先生とペアなんだろう」

「そこはそれ腐れ縁というヤツ」

「組み合わせ決めたの、園長先生でしょ」

「だからだよ。職員会議で園長に咬《か》みついたのは舞子先生だけだった。で、僕は日頃の言動で少し胡散臭《うさんくさ》く見られている。こういう危険分子を分散させておくよりはペアにしておいた方が、周囲に伝染しにくい」

「わたしたちは病原菌な訳？」

「あの園長にしてみればそうだろうな」

夜の十時を過ぎれば、帰路を急ぐ人の姿もまばらになる。かと言って大っぴらに話せる時間帯でもなく、いきおい二人の声は密やかになる。暗い夜道、男と女がひそひそ話をしていれば自ずとロマンスの香りが漂ってもおかしくないのだが、こと相手が池波ではそんな気は露ほども起きない。なるほど腐れ縁とはそういうものかと妙に合点がいく。

「という訳だから、相手が舞子先生でなきゃ話せないことを喋ろうか」

つまりは共犯関係という意味か。

「事件が起きた当初から薄々と気づいていたんだけど、どうもあの園長は真剣に事件を解決する気がないみたいだ」

「気のせいじゃないの」

「とぼけちゃって。本気で解決する気があるんだったら二百万円程度の予算は喜徳《きとく》会に掛け合ってでも分捕ってくるよ。それをしないのは、事件の解決に二百万円の価値を見出していないからだ」

「じゃあ、こんな時間にわたしたちが夜道を巡回している目的は何だっていうの」

「それこそただのポーズだろうね。必要なのは姿勢と実績。当の本人がそう言っていたしね。姿勢って訳したらポーズだし」

「解決する気がないのは？」

「それはいみじくも鈴香先生が代弁してくれたじゃない。どうせ子供のイタズラなんだから放っておけば自然に鎮静化するって。たかが子供のイタズラに二百万円なんて予算を使う必要はない。でも、それじゃあ保護者会に顔向けができないから、残業代の出ない我々に夜回りさせて姿勢と実績を見せる。何て言うか、ホントに分かり易いよね」

「そこまで分かっていて反対しなかったのは、やっぱり勤務評定が怖かったから？」

「直球だねえ。情けないことにそれもその通り。どんなに理想論まくし立てたって、所詮は宮仕えだしね。そりゃあケツまくるのは簡単だけれども生活だとか将来のことを考えたら、誰だって従属を選ぶ。家族を持っているなら尚更だ」

「池波先生、独身じゃないの」

「だからって誰かのヒモになって生活するなんて嫌だし」

「それだけイケメンなんだから、ヒモくらい簡単になれるでしょ」

「いったい、舞子先生は僕のこと何だと思ってるの」

「日和見主義者」

そう言われても池波はへらへらと笑っている。

「ああ、それは当たらずとも遠からずだなあ。園の方針に真っ向から対立しようとも思わないし、歪んだ愛情注ぐ母親に意見しようとも思わないしさ」

「それ、開き直ってるんですか」

「開き直りというより、優先順位を下げてるの。いち教師が理想の教育云々を主張する前に、まず預かっている子供をどう教えていくかの方が優先するものでしょ。少なくとも就学前の子供たちを担当しているのなら、大人の都合や思惑で本人を混乱させたくない。どうせ思春期になったら嫌でも混乱するんだし」

舞子は新鮮な気分で話を聞いていた。池波とは長い付き合いだが、これほど自身の信条を吐露したのは初めて聞いた。

「こういう考え方、舞子先生は嫌だよね」

「嫌な訳じゃないけど……」

「うん。嫌な訳じゃないけど自分の流儀じゃない。まあ舞子先生はそうだよね。一時の感情や薄っぺらな理想なんか踏みつけて、ひたすら求められるものを自分の能力の及ぶ範囲で提供する。傲慢でもなく卑下もしない。天晴なプロ意識だと思うよ」

「皮肉かしら」

「とんでもない。尊敬しているんだよ。教師なんて仕事は思い入れしようとしたらいくらでもできるし、逆に手を抜こうとしたらどれだけでも抜ける。そういう拘《こだわ》りを捨てるのは結構覚悟が必要なんだけど、舞子先生はそれで一貫しているしね。赴任してまだ二カ月目なのに、他の先生方から煙たがられているのは、ぶっちゃけその堂々とした態度が原因」

「でも今回みたいに、園の方針に右へ倣《なら》えだとしんどくなるんじゃない？　園長はたかがイタズラだから直《じき》に収まるとか考えているみたいだけど、イタズラだったら当人が飽きるか叱られるかしない限り、延々と続くわよ」

「うん。それは僕も同意見」

「それなら」

「だから不本意ながらこうして夜回りしている。地味だけど深夜の犯罪に対して抑止力になるのは確かだからね。現に夜回りを始めて三日目だけれど、その間イタズラは発生していないでしょ」

それについては舞子も頷くしかない。実効力があるのかどうかはともかく、三日も続けていれば近所にも知れ渡るし、目撃される惧《おそ》れがあるのに敢えて犯罪に走る者も少ないだろう。交番の前に落ちているカネを持ち逃げしにくいのと同じ理屈だ。

決められたコースを一巡する。池波も舞子も歩くのが速いせいか、残り三十分を残して終了してしまった。

「まだ零時には三十分あるけど、時間までもう一度回る？」

舞子が訊《たず》ねると、池波は少し考えてからこう提案した。

「一応コースは一巡したし、僕たちが夜回りしている姿を何人かに目撃されたから役目は充分果たせたと思う。それでも空いた時間を埋めたいと言うのなら、コーヒー付き合わないかい」

住宅地の端に深夜営業のコーヒーショップがあるからそこで奢《おご》らせろと言う。逡巡《しゅんじゅん》したが、たまにはいいだろうと池波の提案に乗ることにした。

いかに深夜営業とは言え、さすがにこの時間になれば客は数えるほどしかいない。しかも各テーブルにパーテーションが立っているので内密の話もできる。

「こういう場所に誘ったのは内密の話がしたいってことよね」

「理解が早くて助かる」

「例の進化論の話？」

「ますます理解が早くて助かる」

目の前のコーヒーをひと口不味《まず》そうに啜《すす》ると、池波は話し始める。

「園長や先生の多くは、あれが子供のイタズラだと片づけているみたいだ。それが一番常識的だし、真っ当な意見だろうね」

「でも池波先生は違うんでしょ」

「犯人が進化論に沿って犯行を繰り返している、なんてのが誇大妄想じみているのは百も承知している。ただね、どうしても四つの事件に纏わりつく陰湿さが頭から離れてくれない」

「小動物をオモチャにする時点で、いい加減陰湿よ」

「その陰湿さとは違ってさ、何て言うのか目的が感じられるんだよ」

「その目的が霊長類って訳かしら」

「それも誇大妄想と言われたらそれまでなんだけどね」

池波はまたも不味そうにコーヒーを啜るが、顰《しか》め面《つら》をするのは味のせいばかりではないらしい。

「幼稚園てさ、多分小中学校よりも親の思いが露骨になる傾向があるでしょ」

舞子にも憶えがあるので黙って頷く。

「思いの中には愛情もあってエゴもある。そういうのを日常的に受け止めていると、人間の業の深さが見える一瞬があってさ。だからかな、ついつい縁起でもないことを思いつく」

「でも動機が思いつかない」

「それで余計に薄気味悪い。不完全なジグソーパズルみたいなものだよ。途中までは何の絵か分からず、最後の一ピースが嵌まった瞬間に初めて全体が分かる」

池波はTシャツから覗《のぞ》いた二の腕を寒そうに擦《さす》る。

不安がこちらまで伝わってくる。舞子はそれを否定したくて堪《たま》らなくなる。

「気のせいよ。わたしも池波先生も超過勤務で神経過敏になっている」

「それはあるかなあ。仕事に潰されないようにマイペースを貫くつもりだったんだけどなあ。一貫している舞子先生が羨ましい」

「羨ましがられるほど優雅な立場じゃないわ」

「僕を含めて職場の人間のほとんどはそう思っていない」

池波は眩《まぶ》しそうに笑ってみせる。

「たとえば僕の持っている羅針盤は針がしょっちゅうブレているけど、舞子先生のそれは決して揺るがずにただ一方向を指し示している……そんな風に見えるんだよね」

買い被《かぶ》りもいいところだ。

舞子はカップの底に残っていたコーヒーを一気に喉《のど》へ流し込む。

結局、舞子は終電を逃し、ネットカフェで一夜を過ごしたのだが、深夜に飲んだコーヒーが災いしたのか、その夜はなかなか寝付けなかった。ようやく目蓋が重たくなったと思ったら、もう夜が明けていた。

全く深夜勤務などするものではない。完調にはほど遠い身体を引き摺りながら幼稚園へと向かう。

ところが遠景から捉えた幼稚園の様子がおかしい。近づくにつれ、その理由が明らかになる。

数台の警察車両。ひと目で刑事と分かる男たちの群れ。物々しい雰囲気。

そして正門の辺りに突如出現したブルーシートのテント。高さは正門と同じ、幅は四メートルほど。運動会で見慣れた来賓用テントと同等の大きさだ。

自然に足は速くなっていた。ここまで来れば鑑識の制服を着た男たちも目視できる。

いったい何が起きた。

不安と緊張で心臓が早鐘を打つ。頭の隅に回答が転がっているが、舞子は見て見ぬふりをしている。

「ああ、舞子先生」

その声に振り向くと、他の教職員に混じって池波が立ち尽くしていた。

「やられたよ」

池波には珍しく、ひどく抑揚に乏しい響きだった。

「霊長類だ」

聞いた途端、早鐘を打っていた心臓が一瞬止まるかと思った。

それではあのテントの中に犠牲者がいるというのか。

テントに近づこうとしたが、池波に腕を摑《つか》まれた。

「どうせ入れてくれない」

池波は今まで見せたことのない顔をして、舞子の両肩を摑む。

「落ち着いて聞いてくれ。殺されたのは舞子先生のクラスの結愛ちゃんらしい」

その瞬間、視野が急速に狭まっていった。

「僕も着いたばかりだから詳しいことは聞いていない。ただ早朝、正門前で遺体が発見されたという話だ」

聞くべきことが次々に湧き起こったが、開いた口からは何も言葉が出ない。呆然《ぼうぜん》としていると、教職員たちの中にいた園長が誰に言うともなく呪詛《じゅそ》じみた声を上げた。

「昨晩の夜回りは誰と誰だったんですか？　ちゃんと深夜零時まで回ったんですか？」

三　権利と義務と責任と

1

舞子《まいこ》先生と池波《いけなみ》先生だったんですか。

二人でコーヒーショップへ。

まだ三十分も残っていたんですか。

どうしてそんな迂闊《うかつ》なことを。

しかも二人揃《そろ》って。

三笠野《みかさの》の声がどこか遠くから聞こえる。もしや失神する前兆ではと思ったが、いつまで経《た》っても視界は明るいままだ。

今、視界を池波が遮った。どうやら三笠野に弁解しているようだが、声はくぐもってあまり明確に聞こえない。

誘ったのは僕で、舞子先生に責任はありませんよ。しかし、こういうことを防ぐために二人一組のペアにしたのですから。丸山《まるやま》先生の意見はどうですか。

いや、そのですね。やはり既定の時間が終わる前に引き上げたのはちょっと。その通りですよ。他の先生方は皆さん零時まで頑張っていたのですから。いったい舞子先生はこの不祥事をどう。

ちょっと待ってください、園長先生。

舞子先生。

肩を揺すられると、俄《にわか》に聴覚が戻ってきた。

「どうかしましたか、舞子先生。わたしの話、ちゃんと聞いてましたか」

「あ、すみません。少しぼうっとして……」

「園長先生、ちょっと保健室を借ります」

いきなり池波が舞子の左腕を摑《つか》んだ。

「受け持ちのクラスの子が死んだんですよ。呆然《ぼうぜん》として当然です。それも責任感のなさとかで追及しますか」

「いや、それは」

「お説教は後でたっぷりお聞きします。それとも彼女を責め続けて万が一にも精神疾患を患ったら、これは二次被害だと騒がれるかもしれません。それでもいいのでしたら」

「分かりました。連れていってください」

どこにそんな力があったのか、池波は舞子の身体《からだ》を引き上げると、有無を言わさず職員室から連れ出した。

「池波先生、わたし、もう大丈夫だから」

「自分で決めることじゃない。それに、僕が逃げる口実にもなる」

保健室に入ると、消毒液にミルクの混ざったような匂いが鼻を突いた。どうやら嗅覚は正常なままらしい。

適当に座って、と言われたので舞子はベッドの縁に腰を下ろした。ここなら倒れたとしてもベッドの上だ。

「気分は」

「大丈夫……と言うか、よく分からない。わたし、どうしてた？」

「呆然自失ってヤツかな」

「保健室に担ぎ込まれるほどじゃない」

「肉体的にはね。でも、あの場にずっといたら舞子先生も僕も集中砲火を浴びてたかもしれない。園長先生がしきりに他の先生を焚《た》きつけていたからね」

「どうしてそんな必要があるのよ」

「決まってるじゃない。叩《たた》かれ役の生贄《いけにえ》を今から確定しておくため。日を待たず、各方面から責任追及の声が上がるだろうけど、大なり小なり園側の責任は免れない。その時のために、園長先生は自分の身代わりを作っておきたいんだろうね。本来は責任者である自分に向かってくる矢を少しでも別の誰かに逸《そ》らせたい」

あの園長ならやりそうなことだろうか──少し頭を巡らせてみるが、なかなか考えがまとまらない。過去に三笠野の発した台詞《せりふ》が無秩序に飛び交って整理ができない。

不意に舞子は理解した。自分は今、混乱しているのだ。

「舞子先生？」

「ダメだ」

舞子は手で顔を覆う。別に泣いている訳ではないが、今の顔を他人に見られるのが我慢ならない。

「……頭の中がいっぱいいっぱいで、何が何だか分からない」

「デジタルウーマンなんて呼んで悪かった」

池波が神妙に頭を下げた。

「無理もないけど、他人の子供が死んでこんなに調子が狂うのはデジタルじゃない証拠だ」

褒められているのか貶《けな》されているのかも判然としない。池波の言葉は理解できても、胸まで届かない。

そうしているうちに結愛《ゆあ》の顔が浮かんできた。天真爛漫《らんまん》で、無邪気で、彼女のいる場所にはいつも陽光が差しているようだった。舞子を見る時は眩《まぶ》しそうに笑っていた。

駄目だ、くる。

自分は許容範囲を超えるような出来事に遭うと、遅れて反応する生き物らしい。哀惜《あいせき》か、それとも喪失感か。胸の底で待機していた感情が一気にせり上がってくる。

次の瞬間、噴出した感情が奔流となって流れ込んだ。今度こそ思考能力が奪われ、舞子は為《な》す術《すべ》もなく流されていく。無意識のうちに震えを堪《こら》えるように、己の身体を抱き締める。

夜回りを早めに切り上げた直後、結愛は正門の前に連れてこられたのだろうか。死亡推定時刻や昨夜の模様など詳細を知らされている訳ではないが、その可能性を考えると胸が押し潰されそうになる。

感情は理性の敵だと思ってきた。感情が昂《たか》ぶれば理性が駆逐され、正常な判断ができなくなる。舞子は自分の過ちを許さない。だから判断を狂わせないように感情をコントロールしてきたつもりだった。

だが、それも今は無効だった。押し寄せる自責と後悔の波に、自我が崩壊しそうになる。

　不思議に涙は出なかった。感情の臨界点を超えると涙も出ないのだろう。

「舞子先生っ」

　きっと大声だったに違いない。池波の声で舞子はようやく我に返る。それでもまだ心の一部はどこか他の場所に行ってしまっている。

「何度も訊《き》かれてウザいと思うけど、ホントに大丈夫かい」

　こんな時に意地や虚勢を張っても碌《ろく》なことはない。舞子は嫌々をするように頭を振る。

「……情けないったらないわよね」

　努めて明るく喋《しやべ》るようにする。声に出すことで正気が保てる。

「最低限の義務を果たしていれば、それで責任をどうこう言われることはないって思っていた。義務さえ果たしていれば、刃向かう権利も逃げる権利も与えられると思ってた。思ってたはずなのに、どうして肝心なところですっぽ抜けてしまったのだろう」

「だが、それは僕が誘ったから」

「誰にどんなシチュエーションで誘われようが関係ないわよ。自分を律しなきゃいけない場面で律することができないなら、普段の行動が完璧でも意味がない」

　やれやれというように池波は肩を竦《すく》めた。そして舞子を正面に見据えて、噛《か》んで含めるように話し始めた。

「そういうところが舞子先生らしさと言えばらしさだと思うんだけど、ちょっと早くないか。まだ結愛ちゃんが殺された時間も場所も分かっていない。深夜零時過ぎに殺されたのなら、仮に僕たちが零時まで夜回りしても殺害は防げなかっただろうし、第一、殺害された場所が幼稚園以外だったのなら、それこそ僕たちの夜回りなんて何の役にも立たない。それにだよ。あんな遅くに拉致《らち》されるのなら、午後二時になって園児たちを親に返す園側に取れる責任なんてない」

ゆっくり舞子の反応を確かめながら話すので、その内容が気休めではなく論理的な帰結であるのが分かってくる。

「おそらく世間とマスコミは園を責めてくる。例の、管理責任とかいうヤツだ。〈管理〉も〈責任〉も真っ当な単語なのに、二つが重なると途端に曖昧模糊《あいまいもこ》とした意味になる。直接の責任はないけど、結果を招いた責任はあるだろうというよく分からない理屈だ。よく分からない理屈だからどうとでも何にでも当て嵌《は》められる。生贄を祀《まつ》り上げるには格好の大義名分でもある。こちらがちゃんと理論武装してなかったら、あっという間にその管理責任をおっ被《かぶ》せられるぞ」

「心配してくれてるの」

「あのね。普段通りの舞子先生なら、僕がこんなこと言う前に理論武装の二つや三つはとうに用意しているはずだよ。これは心配というよりも、人間ＡＥＤ（自動体外式除細動器）。通常モードに戻すために刺激を与えているだけ」

ようやく池波の言葉が胸に届くようになった。動揺が完全に収まった訳ではないが、少なくとも理性的な判断ができる程度には回復している。

「ありがと。少し元に戻った」

「それは何より。だけど、完調になるまではまだここにいた方がいい」

「どうして」

「インターバルを取っても、園長が僕たちに責任をおっ被せようとしている状況に変わりはない。そうでなくても結愛ちゃんの遺族や保護者会からの突き上げが予想される。どちらにしても僕たちに待っているのは茨の道だ」

池波は諦めたように言う。まだ実際に保護者会から糾弾されてもいないのに、何を悲観しているのか。

「そりゃあさ。お母さん方に良識とか理性を求めたいところだけど、こと子供のことになったらそんなのは全部吹き飛んじゃうのが親でしょ。で、世間やマスコミはその尻馬に乗る。いつでも、どこでも見かける風景じゃないか」

舞子の呼吸も次第に落ち着いてきた。もちろん結愛が殺された衝撃はいささかも減じていないが、取りあえず事実を受け入れることはできる。

池波の言説はもっともで、保健室を出ても園長ほか保護者会からの突き上げが待っている。無防備で臨めば火だるまになるのは必至だ。

「でも、何だか責任回避みたいで気に食わない」

舞子は正直に思いを告げる。普段は見せない弱味を露呈してしまったのだ。これ以上、隠すものもない。

「確かに夜回りしていても犯行は防げなかったかもしれないけど、そのことと義務を怠ったのは別問題だもの」

「その通り。だから僕たちは残り三十分の義務を放棄した責任は問われても仕方ないけれど、結愛ちゃんの死に責任を感じる必要はない」

池波はわざと悪ぶって言うが、それが舞子を慮《おもんぱか》っての言葉であるのは分かっている。

それでも小憎らしくなったので睨《にら》んでやった。

「ああ、その目その目。やっぱり舞子先生はそうでなきゃ」

「それはどうも」

「人一人死んだんだ。今度は放っておいても警察が事情聴取にやってくる。当然、結愛ちゃんの殺された状況もそこで明らかにされる。悩むのはそれからでも遅くない。もう、ホントに大丈夫かい」

「訳の分からない屁理屈《へりくつ》に対抗できるくらいには」

「上等」

これ以上池波に面倒を見てもらうつもりはない。舞子はベッドから立ち上がり、保健室のドアを開ける。

結愛が殺されたことで、舞子に一片の責任もないとは断定できない。断定できるほどの情報がまだ得られていないからだ。まず事態を見極めてから園長の話を聞こう。

そして、それとは別に結愛の死を悼んでやりたいと思う。彼女の朗らかさに助けられたクラスの子供たちと、今すぐに。

母親の香津美《かづみ》が到着したのは、それから間もなくだった。

死んでいるのが結愛かどうかを確認させるために呼ばれたに相違ない。舞子たち教職員が見守る中、それこそ着の身着のままで香津美は現れた。化粧っ気がなく、髪も乱れている。碌に寝ていないのか肌艶も悪い。

警官に付き添われてテントの中に入る直前、舞子と目が合った。舞子に救いを求めるようでもあり、非難するような目でもある。

ややあって、テントの中から香津美の悲鳴が聞こえてきた。舞子はいたたまれずに頭を垂れたが、その後もしばらく嗚咽《おえつ》が聞こえ続けた。

園の前に死体が転がっていたのだから、今日予定していたスケジュールは当然のごとく中止となった。園児を送り届けに来た母親たちも警官がたむろして物々しい雰囲気になっている現場を見るなり、おおよその事情を把握したらしい。担任の説明を聞くと、回れ右をして帰っていった。どのみち早急に通知しなくてはならないが、彼女たちを含めた保護者会の反応を想像すると、今から気が滅入る。

いくら正門が死体発見現場だからといって、教職員がテントの中に出入りできるものでもない。職員室の窓からテントを眺めていると胸が痛み、胃の辺りが重くなってくる。舞子は自分の不甲斐《ふがい》なさが情けなくてならない。

「警視庁刑事部から参りました捜査一課の細根《ほそね》といいます」

職員たちの前に現れた細根という刑事はその名の通り、痩せぎすでひょろりと背が高かった。頬の肉も削げ落ち、まるで過激なダイエットをした直後のような面立ちだ。

「通園されていたお子さんがあのようなかたちで亡くなり、先生方の悲痛をお察しします。ついてはこの憎むべき犯人を一日も早く検挙できるよう、皆さんの協力を願ってやみません」

同じ刑事でも、古尾井《ふるおい》とはまるで雰囲気が違う。役場の職員のようにおっとりしていた古尾井に対し、こちらは人を疑うことを生業《なりわい》にしているような油断のなさを感じる。

「園長先生のお話ではここ数日の間、ペアを組んで幼稚園の周辺を夜回りされていたとか。昨夜の当番はどなたとどなたでしたか」

居並ぶ教職員の中で舞子と池波が手を挙げる。予想的中。保健室から出てきた途端に質問が待っていた。

「では、お一人ずつ別室でお話を伺いましょう。最初は男性の先生から」

ペアで夜回りをしたのに一人ずつ聴取するのは容疑者扱いをされているようで不快だったが、こんなことで文句を言っても仕方がない。

池波が不在の間、舞子は周囲からの視線を意識せざるを得なかった。園長を含めてほぼ全員の教職員が自分を睨んでいる。保健室に連れていかれたという事情があるせいか面と向かって非難はしないまでも、明確な敵意をひしひしと感じる。

これで園に非難が集中したらお前のせいだ。

結愛の母親には何と言って謝るつもりだ。

お前はどうやって責任を取る気だ。

いっそ辞めてしまえ。

針の莚《むしろ》とはこういうことを言うのか。自責の言葉なのか教職員の恨みなのか判然としないまま、様々な罵倒が頭の中に響く。

「刑事さんも言いましたが、今は一日でも早く事件を解決して日常を取り戻さないと」

三笠野が思い出したように声を上げる。教職員に奮起を促すというより、自分への皮肉に聞こえるのは舞子の被害妄想なのだろうか。

事情聴取する前なのだから当然といえば当然なのだが、他の教職員も未《いま》だに結愛が殺害された時の状況を知らされていないらしい。

情報不足は不安を生む。今、職員室に渦を巻いている疑心暗鬼も、多分にそれが原因だろう。

思えば前兆はあったのだ。

池の金魚から始まり、ヘビ、アヒル、猫と続いた一連の事件は結愛殺害に至る一本の線に思える。言い換えれば、小動物の被害で済んでいた時点で警察が本腰を入れれば、結愛は死ななくてもよかったのではないか。

そう考えると無性に腹が立ってきた。もちろん警察に全責任を負わせるつもりはないが、少なくとも彼らを素通りして自分や池波が批判の的になるのはお門違いというものだろう。

今回、責任を追及したところで解決する問題は一つもない。所詮は当事者ならびに関係者の鬱憤《うっぷん》を晴らすために、生贄を祭壇に差し出すセレモニーに過ぎない——普段の舞子であればそんな風に割り切るところだが、それができないのは完調になっていない証拠だ。

不意に舞子は重要なことを思い出した。

結愛の死体が発見されたのは園の正門だったらしい。ということは、死体を発見したのも園の関係者だったのだろうか。

「結愛ちゃんを見つけたのは誰だったんですか」

その問い掛けに呼応して、ゆっくりと手が挙がる。年少組担任の菊池《きくち》陽子《ようこ》だった。

「わたし朝当番だったから朝一番に来て……そしたら門の前で女の子が倒れていて……どうしてこんなところで園児が寝てるんだろうと思って、抱き起こしたら……」

後は言葉が続かなかった。陽子は嘔吐《おうと》を抑えるかのように手で口を塞ぎ、そのまま沈黙してしまう。

二十分もしてから池波が戻ってきた。その表情にはわずかな疲労と大きな憤りが見える。

「取りあえず、言うべきことは言った」

席に戻るなり、池波は吐き捨てるように言った。この男が苛立《いらだ》ちを見せるのは珍しいので、少し意外だった。

「言うべきことは言ったけど、全部が向こうに伝わったかどうかはよく分からない」

「不満そうな顔しているけど、変なこと訊かれた？」

「いや、質問自体はこちらが想定していたことだった。まあ、舞子先生も行けば分かる。決して時間を忘れるような楽しい会話じゃないから」

促されて舞子は職員室を出る。

細根が事情聴取の場所に選んだのは園長室だった。園内に教室や部屋は多いが、なるほど秘密の保てる部屋は園長室くらいのものだ。

ドアをノックして中に入ると、細根ともう一人の刑事がソファに腰を下ろしていた。どうやら細根が聞き役で、もう一人が記録係らしい。

「どうぞ」

勧められるまま二人の対面に座る。事情聴取というよりは雑談をするような雰囲気だ。

「昨夜、すなわち六月一日の夜について伺います。当日が神尾《かみお》先生と池波先生の夜回り当番だった……間違いありませんね」

「はい、そうです」

細根はテーブルの上に地図を広げた。若葉《わかば》幼稚園を中心とした半径一キロ範囲の住宅地図だった。

「二人が巡回したコースを辿《たど》ってみてください」

マーカーを手渡されたので、巡回した道を順路に沿って塗りつぶしていく。懐中電灯一本で巡回した場所だが、事前にコースを決めていたので迷うことはなかった。

「先の池波さんの話では、このコースを回っても三十分余ったそうですね」

「二人とも、他のペアに比べて足が速かったんでしょうね」

「そこで早めに切り上げて、住宅地の端にあるコーヒーショップ〈ブルーリバー〉……ああ、ここだ。ここであなたたちは一服した、と」

「早めに切り上げたことを責めているんですか」

「とんでもない。夜回りが決まった前後の話も聞いていますが、言ってみれば誰に強制されたのでもなければ、何かの法律に拠った行動でもない。我々にそれを責める謂《いわ》れはありません」

　穏やかな物言いだが、舞子には警察以外のものなら責める謂れがあるというように聞こえる。

「巡回している最中、何か変わったこととか、怪しい人物を見掛けたということはありませんでしたか」

「ありませんでした。もしそんなことがあったら、早めに終わってませんよ」

「なるほど、仰《おっしゃ》る通りですね。で、コーヒーショップで過ごした後は帰宅したんですか」

「いいえ。東西線に乗り継いで通っているんですけど終電を逃してしまって、ネットカフェで一夜を過ごしました。どのみち夜回りが零時に終わっていたら間に合わなかったんですけどね」

「ほう。じゃあ三十分早く切り上げて終電に飛び乗るという考えはなかったんですね」

「それでもぎりぎり間に合うかどうかでしたし、泊りが確実になるのは分かっていたので着替えも用意していたんです」

「元より一泊する予定だったので、急ぐつもりもなかった。そういうことですか。では、一泊したネットカフェの店名を教えてください」

「コーヒーショップもネットカフェも裏付けを取るんですよね」

「裏を取るというのは少し人聞きが悪い。あくまでも皆さんの証言の信憑性《しんぴょうせい》を高くしていく作業と考えてください」

同じことではないか。

あの時間帯、コーヒーショップは客がまばらだったから店員は舞子と池波のペアを覚えているだろう。仮に店側の人間が忘れていたとしても、レシートを池波が持っているはずだからそれを提示すればいい。ネットカフェでは入店から退店までは顧客データで拾えるはずだ。

舞子はその事実を告げる。細根は大して興味がないような素振りだった。

「コーヒーショップのレシートは、先ほど池波先生からお預かりしています。いや、事情聴取しているからといって、何も先生方のアリバイを逐一調べるつもりはないのですよ。そんなに警戒なさらず、もっと自然体で臨んでください」

「殺人に関わる話で、自然体でいられるのは刑事さんくらいのものです」

ちくりと反論したが、細根は蚊に刺されたほども感じていないようだった。

「ちょうどアリバイの話が出たので逆に伺いますけど、結愛ちゃんが殺害されたのは何時頃だったんですか」

「いや、それはまだ捜査情報なので」

語るに落ちた。そこまで言うからには警察は、もう死亡推定時刻を把握しているに違いない。

「園の関係者は職員室に集まっています。今更アリバイ工作なんてできっこありませんよ。それにこちら側の行動を一部始終聞いた後ですよ」

喋っているうちに本来の調子が戻ってきた。舞子は勢いに任せて畳み掛ける。

「わたしは結愛ちゃんの担任として、彼女がどんな風に命を奪われたかを知りたいと思います。それが捜査に協力する交換条件です」

「交換条件、ですか」

細根は腕組みをしたまま、舞子を嘲笑するように見下す。

「ふむ。いずれ新聞報道等で明らかになることならお話ししても構わないでしょう。実は結愛ちゃんには昨夜から捜索願が出されていました。午後九時の時点です」

午後九時といえば、まだ舞子と池波が辛うじて園にいた時間だ。

「火々野《ひびの》結愛ちゃんが塾に通っていたのはご存じですか」

母親の香津美と本人から既に聞いている話だった。園での保育を終えると、その足でピアノ教室。夕食後には近所の塾の幼児コースに通っていた。

「塾といっても週三回で、昨日がちょうどその日でした。授業はいつも通り午後七時に終了。ところが七時半になっても八時を過ぎても結愛ちゃんは帰宅しない。今まで授業が長引いた時でも三十分遅れがせいぜいだったのに」

「お母さんは迎えに行かなかったんですか」

「塾が近所であってもまだ五歳ですからね。当然のように毎回送り迎えはしていたようですね。ただしご主人が亡くなってからは少し事情が違っていたようですが」

事情というのは舞子も断片的ながら聞いている。夫が急逝したために経営権は誰が引き継ぐのか、あるいは遺産相続についてはどのタイミングで行うかなど、未亡人を困惑させる問題が山積していたのだという。

「昨日も会社の役員が自宅に押しかけて、ああでもないこうでもないと鳩首《きゅうしゅ》会談をしていたらしい。夫の持株をそのまま相続しているので、未亡人なしでは何の話もできないんですな。そんなことが続いたために、彼女は塾への送り迎えができなかった。近所の塾なので、帰宅が結愛ちゃん一人でも大丈夫だと油断していたようです。実際、ここ三回はずっと結愛ちゃん単独で帰っていましたから」

細根はふと言葉を切った。話の続きが予想できるだけに、沈黙は少なからず不気味だった。

「……それで？」

「お母さんが塾に問い合わせると、結愛ちゃんは定時に帰ったとの回答でした。慌てたお母さんと会社役員たちが自宅から塾までの間を隈《くま》なく捜索したのですが、結愛ちゃんは見つかりません。それで世田谷署に捜索願を出されたのです」

つまり、それが午後九時だったということだ。

「その後、お友達の家とかにも電話を掛けまくったのですが、結愛ちゃんの行方は杳《よう》として知れず、若葉幼稚園にも連絡したらしいのですが留守番電話だったようですね」

「夜回りが十時スタートだったので、少し前に二人とも園を出ていましたから」

「ええ。お母さんが園に電話をしたのもそのくらいの時刻だったみたいですね。捜索願を受理した所轄の生活安全課が捜索を開始しましたが、やはり見つかりませんでした」

「捜索は夜通し続けられたんですか」

もし夜通しの捜索であったのなら、舞子の罪悪感が増すことになる。香津美と警察が懸命の捜索を行っている最中、自分は池波とコーヒーショップで雑談し、ネットカフェで安眠していたのだ。

「投入した人員はそれほど多くなかったのですが、三交代制で捜索していたようです。そうこうするうち、本日の朝当番だった菊池先生が正門で結愛ちゃんの遺体を発見し、署に通報してきたんです」

これで昨夜から今朝までの流れは分かった。だが、まだ一番肝心な疑問が残っている。

「結愛ちゃんはいつ殺されたんですか」

「死亡推定時刻ですか。さっき検視が終わったばかりで、正確なところは司法解剖を待ってのことになりますよ」

「分かっている範囲で構いません」

自分はよほど切迫した顔をしているのだろう。細根は仕方ないというように首を振ると、渋々口を開いた。

「昨夜の午後十時から零時までの間。解剖しても時間の幅が狭くなることはあっても、大きく外れることはないと言ってましたね」

午後十時から深夜零時までの間。

「結愛ちゃんの遺体が正門に置かれたのは何時頃だったんですか」

「それはまだ不明です。正門近くに設置された監視カメラにその時の様子が映っていればいいんですけどね」

予め覚悟していたことだが、細根から告げられると改めて腹が冷えた。自分と池波が勝手に夜回りを打ち切った三十分が被っている。

仮定の話に意味がないのは重々承知している。それでも、仮に自分たちが撤収した直後に結愛が正門で殺害されたとなれば、後悔してもしきれない。

「それでは、またわたしの方からお訊きします。結愛ちゃんの担任とのことですが、ここ最近、彼女を巡って何かトラブルの類いは発生しましたか」

トラブルという単語を聞いて、すぐに小動物の惨殺事件が頭を過《よぎ》った。最初のうちは気味悪いだけだった小さな事件。金魚からヒトに至る悪の進化論。

そうだ。結愛の殺害は独立して起こったのではない。執拗に続く殺戮《さつりく》の延長線上に位置しているのだ。

「先月の十八日からですが、園内でひどいイタズラが立て続けに起きました。園児が飼っている動物やそれ以外の動物が殺されたんです」

「ほう」

細根は俄に興味を持った様子で、身を乗り出してきた。

2

教職員からの事情聴取は、結果として事実確認のみに終始した。印象的だったのは小動物殺害事件の顚末《てんまつ》を耳にした細根の反応で、聞き始めた時にはひどく興味深げだったが、小動物が殺される度に世田谷署の生活安全課に通報していたことを知ると、矢庭に不機嫌そうな顔に変わった。

深く考える必要もない。部署が違うとはいえ同じ警察だ。動物の惨殺事件が今回の予兆であったのなら、それこそ警戒と警備を怠った警察が責任を問われかねない。

「おそらくこの後、マスコミが大挙して押しかけてくることが予想されます」

去りゆく際に、細根はこんな風に釘を刺すのを忘れなかった。

「わたしたちが聴取した内容はそのまま捜査情報になります。くれぐれも口外しないように留意してください」

要は世田谷署の初動については口を噤《つぐ》んでいてくれという意味だ。三笠野が代表してこれを約束したので、舞子たち教職員が遵守しない訳にはいかない。

「しかし素直に頷《うなず》けないところはあるよね」

園長の注意喚起が始まるや否や、池波はぼそりと呟《つぶや》く。

「被害が池の金魚やアヒルや猫に留《とど》まっているうちに、世田谷署が本腰を入れて捜査してくれていたら、最悪の事態は防げたかも知れない。少なくとも園の周辺を警官がパトロールしてくれていたら、犯人だって正門で犯行をしようなんて考えなかったはずだ」

池波の意見はもっともだったが、これもまた素直に頷けない部分がある。現状、結愛の殺害現場がどこなのか確定されていないからだ。正門で殺害されたのか、それともどこか別の場所で殺されてから正門に運ばれたのか――いずれにしても警察が情報を開示してくれない限り、園の関係者は疑心暗鬼にならざるを得ない。

「とにかくです」

三笠野はひときわ声を大きくした。

「結愛ちゃんが非業の死を遂げたことでご遺族はもちろんのこと、他の保護者にも説明する場を設けなくてはなりません。幸か不幸か預かり時間以外での事件なので、直接園の責任を問われることはないと思いますが、職業的責任は否定できません。また、こうした場合、保護者たちは得てしてエキセントリックな反応を示しがちです。皆さんも辛《つら》い思いをするかもしれませんが、ここが踏ん張りどころです。頑張ってください」

何をどう頑張ればいいのか、聞いている者には意味不明の叱咤激励だった。そして何より舞子が不信を抱いたのは、三笠野の口からとうとう結愛を悼む言葉が聞けなかったことだ。

登園していた園児が死んだというのに、保護者やマスコミへの対応を優先させて悔やみの言葉一つとてない。今度の対応で三笠野の責任者としての度量と人となりが浮き彫りになってしまった感がある。

「池波先生と神尾先生、ちょっと」

三笠野の手招きで、二人は園長室まで同行させられる。

「さっきも言った通り、近々保護者説明会を開きます。こういうことは早ければ早いほどいい」

賢明です、と池波が呟くときっと睨み返す。

「その場で、園の取り組みとして事件当日も深夜零時までの夜回りを励行していた事実を説明します。その際、お二人が三十分早めに切り上げたことは省略しますから、そのつもりで」

敢《あ》えて理由を尋ねるまでもなかったが、舞子は皮肉を言わずにいられなかった。

「でも、そういうのって大抵すぐ分かっちゃいますよ」

「先生たちには箝口令《かんこうれい》を敷きました。だからお二人も無意味なことは話さないでください」

「無意味なんですか」

「結愛ちゃんの死には直接関係ないことを、わざわざ明らかにする必要はありません。徒《いたずら》に混乱を招くだけなら無意味でしょう」

舞子たち二人ではなく、園と自分の保身のために口を噤めと言っているのが丸分かりだ。危急の際に人の本性が現れるというのは本当らしい。

「いいですか。園児があのようなかたちで亡くなり、他の園児やお母さんたち、そして先生たちまでもが不安と疑心暗鬼に駆られています。これ以上、余計なトラブルを増やすことはありません」

「失礼ですけど、そういうのが事なかれ主義というんじゃないんですか」

池波が肘で小突く。いつもなら出ない言葉がこぼれたのは、おそらく舞子が熱に浮かされているからだ。

しかし三笠野は歯牙にもかけなかった。

「ええ。事なかれ主義、結構だと思います。多くの園児たちを預かる身で事が起きては敵《かな》いませんからね」


翌日、業務は正常に戻ったが、園児たちは正常ではなかった。

結愛殺害のニュースは昨日の報道番組で流され、今朝は新聞にも載った。そうでなくても保護者同士の連絡ルートで当日のうちに知らされているはずだった。

当然のことながら園児たちにも結愛の死は知らされている。同い年の、同じクラスの女の子が死んだという事実が五歳児にとって相当なショックであるのは、容易に想像がついた。

実際、さくら組ではまるで授業にならなかった。まだチャイムが鳴ったばかりだというのに、結愛を好いていたらしい悠真《ゆうま》はずっと俯《うつむ》いたままでいる。いつもは悠真にちょっかいを出す大翔《ひろと》も意気消沈した様子で肩を落とし、陽菜《ひな》は既に目を真っ赤に泣き腫らしている。

この空気の中で言葉を発するのは、さすがに気が引ける。

それでも日常を取り戻すためには、日常を繰り返さなくてはならない。事件の翌日だというのに授業を再開したのは、保護者から同様の申し出が相次いだためだった。

「みんなにとても残念なお知らせがあります。もう知っている人がいるかもしれませんけど、火々野結愛ちゃんが亡くなりました」

その途端、何人かがしくしくと泣き始めた。きっと今まで堪えていたのだろう。それが舞子の言葉によって決壊したようだった。

連鎖反応なのだろうか、一部が泣き出すとつられたように他の園児も泣き出す。しばらくするとさくら組のほぼ全員が泣いていた。

こんな時は止めようがない。止めたら火に油を注ぐようなものなので、舞子は放っておくことにした。不思議なもので、結愛の死を告げた刹那は舞子自身が胸の潰《つぶ》れるような思いだったのに、こうして園児たちの泣き喚《わめ》く姿を見ていると少しだけ落ち着きを取り戻した。おそらく使命感が悲嘆を一時的に凌駕《りょうが》しているのだろう。

「舞子先生」

悠真が顔を上げた。子供らしい怒りに溢《あふ》れていた。

「僕、聞いたよ。結愛ちゃんは殺されたって」

子供らしからぬ発言だったが、無理に抑えるつもりはなかった。

「テレビでは、そう言っていたみたいね」

「ホントなの」

「今、警察の人が調べている最中です。それまで、はっきりしたことは誰にも分かりません。だから悠真くんもみんなも、本当かどうか分からないことを広めたら駄目よ」

「どうして」

「関係ない人を巻き込んでしまうから」

「でも……結愛ちゃんは自分で死んじゃうような子じゃない」

悠真の顔は涙と鼻水で斑《まだら》になっている。

「あたしもそう思う」

同意したのは陽菜だった。

「舞子先生。もうみんな知ってるんだよ。結愛ちゃんが塾の帰りにいなくなったって。だったら誰かに殺されたに決まっている」

陽菜の断定口調が怖かったのか、一人の女児が火のついたように泣き出す。

「陽菜ちゃんっ！」

「警察の人はいつ犯人を捕まえてくれるんですか。明日ですか、明後日ですか」

「俺が、仕返ししてやる」

大翔が物騒なことを言い出す。

「その犯人を見つけて、俺が退治してやる」

悲嘆に暮れる悠真を見かねてのことなのか、それとも子供心に義憤に駆られたのか。どちらにせよ、幼い正義感は清々《すがすが》しい。

しかし同時に鬱陶《うっとう》しくもある。保育の場に必要なのは荒ぶる感情ではなく秩序だ。特に秩序は今の舞子には必要不可欠のものだった。

「危ないことはやめてね、大翔くん」

そう宥《なだ》めるしかなかった。

「もしも結愛ちゃんが悪い人に酷《ひど》い目に遭わされたとしても、悪い人を退治するのは警察の仕事です」

「でも、このままじゃ、このままじゃ……」

大翔はもどかしそうに小さな身体を震わせる。己の気持ちを正確に言い表す言葉を知らないのだろう。舞子は彼に近づき、それは憤りという感情なのだと耳打ちしたくなる。

「でも、警察の人は捕まえられなかったじゃない」

思わぬところから思わぬ声が上がった。

陸《りく》だ。

さくら組ほぼ全員が泣いているところ、この男児だけはじっと堪えるように表情を強《こわ》張《ば》らせていた。まるで感情を面に出すのが恥だとでも思っているのか。

陸を見ていると、舞子は落ち着かなくなる。クラスの友だちの死でさえも距離を置こうとする態度は、舞子自身を見ているようだ。さくら組は総勢二十人だった。つまり人が二十人もいれば、一人くらいはそういう人間が混じっているという証左なのかもしれない。

「飼っていたお魚やアヒルも殺されたのに、警察は犯人を捕まえてくれなかった。警察に任せていたら、絶対犯人は捕まらないよ」

古尾井や細根に聞かせてやりたい台詞だった。

「あのね、陸くん。絶対なんて言葉はあまり使わない方がいいわよ。確かに今までは犯人を捕まえられなかったけど、それまでが本気じゃなかったとしたらどう？」

「お魚やアヒルじゃ本気にならなかったの」

「残念だけどね」

「そんなんだったら、信用できないよ」

「だったら、陸くんにとって結愛ちゃんはお魚やアヒルさんと同じだったの」

陸は言葉に詰まる。こういうタイプは理詰めで攻めれば黙り込む。自分がそうだから、よく分かる。

「結愛ちゃんはお魚やアヒルさんより、ずっとずっと大事なお友だちだったでしょ。だったら警察だって今までと同じようにはしない。本気で犯人を捕まえてくれる。そうは思わない？」

追い詰めるような質問は本来ご法度《はっと》だが、こと陸のような子供には効果的だ。果たして陸は渋々ながら頷いてみせた。

できれば、今の自分の台詞も両刑事に聞かせてやりたいところだ。

「みんなが悲しい気持ちも悔しい気持ちも分かります。でも、今先生が言ったように、犯人捜しは警察の仕事です。さくら組のみんなができるのは、結愛ちゃんが天国でも幸せになれるようにお祈りしてあげることです」

喋りながら自分の偽善者ぶりが嫌になる。子供たちの前だから抑えているが、己の胸は怒りと後悔で捩《ね》じ切れそうになっている。結愛の冥福を祈る気持ちはもちろんあるが、それ以前に許せないものが多くある。

最悪の事態が訪れるまで指を咥《くわ》えていた警察。

事なかれ主義を堂々と標榜《ひょうぼう》する三笠野。

そして、今まで積み重ねてきたものが瓦解してしまいそうな自分自身。

それらに蓋《ふた》をしたまま、園児たちに祈れというのは偽善の極みだ。周囲に流されず、感情に流されず、己の信条に従ってきた舞子にとって、偽善こそは最も唾棄《だき》すべきものだったのに。

子供相手に本音を曝《さら》け出す訳にはいかない。賢くないからではない。逆だ。子供だけが持ち得る純粋さで言動を捉えるので、こちらの脆弱《ぜいじゃく》さや醜悪さを感覚で悟ってしまうのだ。正直言って、池波の周到さや三笠野の老獪《ろうかい》さには舌を巻くことが多い。しかし、それが恐怖にまで嵩《こう》じることは滅多にない。

ところが子供の利発さは時として、舞子を惑わせる。不用意なほんのひと言で、己の嫌な部分が見透かされそうな怯《おび》えがある。

だからこそ受け持ち園児の死という突発事に臨む今、舞子は心に鎧《よろい》を着なければならなかった。

本音は吐くな。

涙は流すな。

少なくとも今は。

「それでは授業に戻ります。お絵かきの時間でしたね。今日は人物画といって、人の顔を描こうと思います。お父さんでもお母さんでも、それから隣に座っているお友だちでも構いません。みんなが大切に思っている人の絵を描いてください」

舞子の指示で園児たちはのろのろとクレヨンとスケッチブックを用意する。

果たして誰が誰の絵を描くのだろうか――彼らの絵を後ろから順繰りに見て回った舞子は、十九人目の絵まで見て胸が詰まった。


土曜日、結愛の告別式が執り行われた。斎場は父親の時と同じく青山葬儀所。

前回は雲一つない快晴だったが、今回は雨が降っている。雨のせいか、蒸し暑さはあの日以上だ。

思えば父親の葬儀からまだ一カ月も経っていない。火々野香津美は一カ月足らずのうちに夫と娘を失ったことになる。しかも娘の方は拉致された上に殺されている。母親にとってこれ以上の悲劇はない。

そういった特殊事情のせいだろうか、斎場は一種異様な雰囲気に包まれていた。個人の葬儀というよりは、被災者合同葬儀のような重苦しさがある。葬儀にも様々なかたちと思惑があるが、幼子の葬儀は最悪だ。だからといって、舞子がこの場からすぐに立ち去ることは許されない。何と言っても死んだ結愛の担任なのだ。

雨足が少し強くなった。温い雨の匂いが線香の香りを掻《か》き消してしまう。

傘を差して記帳に並んでいると、胸が張り裂けそうになる。

まだ五歳、たったの五歳だった。

あの笑顔同様、将来は輝きに満ちていたはずだったのだ。

それがこんなにも呆気《あっけ》なく断たれてしまった。理不尽にもほどがある。

記帳所に近くなると、やっと香津美の顔が見えてきた。

ぞっとした。

憔悴《しょうすい》どころの顔ではない。頬の肉がげっそりと削げ落ち、肌艶は全くない。化粧で誤魔化しているが、まるで生きる屍《しかばね》だった。彼女の横には弟の公次《こうじ》が香津美を護《まも》るようにして立っている。密着しているのは、彼女の身を慮ってのことだろう。

二人の後方に視線を向けると、知った顔を見つけた。いかにも葬儀会社の職員のような服装をしているが、警視庁の細根に間違いない。

そう言えば、放火魔は現場に戻ってくるという話を聞いたことがある。その伝で言えば、犯人は被害者の葬儀に参列するとでもいうのだろうか。いずれにしても別の刑事が、こっそりとデジカメを操作している様子なので、舞子の考えに大きな誤認はなさそうだった。

用意してきたのは七十センチの大き目の傘だったが、横なぐりの雨でブラック・フォーマルの肩や裾《ぬ》が濡れ始める。気も重いが服も重い。

ようやく記帳を終えて香津美の前に立つ。

「この度は……本当に……」

火々野輝夫《てるお》の告別式で告げた台詞をなぞる訳にもいかず、悔やみの言葉はひどく歯切れの悪いものになる。実際、担任としてどこまで文言を踏み込めばいいのか、散々迷ったが結論は出なかった。

それでも香津美は浅く礼を返した。ひょっとしたら目の前に立っているのが、亡き娘の担任とは認識していないのかもしれない。

まともに悔やみを言えなかったからではないが、舞子は用意していた手提げ袋を差し出した。

香津美の目が俄に見開かれる。

「これは……」

「昨日、さくら組でお絵かきの時間がありました。みんなの大切な人の顔を描いてほしいと言ったら、結愛ちゃんの顔を描いてくれたんです。さくら組全員、十九人が一人残らず」

香津美は手提げ袋を受け取り、無言のまま中身を取り出す。

十九人が描いた絵には共通点があった。結愛の笑い方に起因しているのか、全員が明るい色使いをしていた。

「ふおおおおっ」

絵に見入っていた香津美がいきなり大声を上げ、そのまま体勢を崩した。

公次が支えようとしたが間に合わず、そのまま腰から下が地べたに落ちる。

「おおう、おおう、おおう」

似つかわしくない獣のような声が香津美の口から洩《も》れ続ける。公次は狼狽《ろうばい》しながら、きっと舞子を睨みつけた。

「あなた、姉に何てものを見せるんですか」

舞子は恐縮して陳謝するしかなかった。

三笠野の予告通り、日曜日に保護者説明会が行われた。事前連絡が急であったにも拘《かかわ》らず、保護者のほとんどが出席したため、会場として用意していた講堂はあっという間に人で埋まった。

更に驚きだったのは、結愛の告別式を終えたばかりの香津美までが参加していることだった。

まさか園側が呼んだのかと訊《たず》ねてみたが、三笠野は大慌てで首を振る。

「とんでもない。昨日の今日で、ご遺族の負担になるようなことをお願いすると思いますか」

保護者会開催の知らせは保護者の携帯端末に向けて一斉送信してある。香津美の参加は送信内容を見た本人の自主的なものと思うしかない。香津美の両隣には彼女を挟むかたちで都築《つづき》千尋《ちひろ》と神咲《かんざき》真知《まち》の姿もある。ことによると、二人のうちどちらかが出席を勧めたのかもしれない。

時間がきた。三笠野は沈痛な面持ちを拵《こしら》えて壇上に立つ。

「保護者の皆さまにはお休みのところ、こうしてお集まりいただいて恐縮です。それでは早速議題になっております今回の事件について、わたしたちが得ている情報の範囲で説明をしたいと存じます」

まず、と三笠野が始めた時、会場から「ちょっと待ってください」と声が上がった。保護者会会長の岩出《いわで》だった。

「何でしょうか」

「説明も結構ですが、その前に亡くなった結愛ちゃんに黙禱《もくとう》を捧げるのが筋ではないでしょうか」

至極もっともな、というよりも本来は自分が発案すべきことであり、三笠野は恥じ入るように顔を赤らめる。

「ええ、その……はい。仰る通りです。それでは今から一分間、火々野結愛ちゃんに黙禱を捧げましょう」

三笠野は取ってつけたように宣言し、己の腕時計を一瞥《いちべつ》してから黙禱、と発した。

誰の発声であろうと黙禱は黙禱だ。会場を埋め尽くした保護者会の面々は全員目を閉じ、ある者は両手を組んだ。

舞子が盗み見ると、香津美も固く両手を組んで一心不乱に祈っているように見えた。今にも倒れそうな風情に居たたまれない。本人の意思で参加したのならいいが、これが誰かの指示や強制だったのなら虐待のようなものだ。

黙禱の一分間が終わり、説明会が再開する。

「えー、今回このような痛ましい事件が起こってしまい、若葉幼稚園としましても沈痛の限りです。お集まりいただいた保護者の方々には色々ご心痛かと存じます。そこで園が警察当局から入手した情報を開示するとともに、園独自の取り組みについてご報告申し上げたいと存じます」

　しかし三笠野が説明し始めたのは最低限の捜査情報と教員による夜回りの二点だけだった。二点とも先の保護者会から要請されていたのを実行に移しただけであり、その結果が結愛の殺害なのだから甚だ分が悪かった。

　説明がいったん終わると、即座に真知の手が挙がった。

「申し上げたいことは沢山ありますけど、まず確認したいのは前回問題となった小動物の虐待と今回の事件との関連です。その点、警察からはどんな捜査結果が報告されたのでしょうか」

「警察からは、それらの事件についてまだ捜査中との回答でした」

「犯人が同一人物かどうかも確定できていないのですか」

「捜査中だとしか……」

「子供のお使いじゃあるまいし、そんな回答でおめおめと引っ込んだのですか」

　真知の舌鋒《ぜっぽう》に、三笠野は早くも動揺しているようだった。

「その、何しろ捜査情報というものは部外者に伝えられないと言われてはですね」

「部外者。子供たちを園に通わせているわたしたちが部外者だというのですか。ここにいらっしゃる、お気の毒な火々野さんも部外者だというのですか」

「いや、わたしはそんな」

「警察の捜査情報がそのまま園側にフィードバックされていたら、もう少し警戒や警備の方法が違っていたとは考えられませんか」

これに数人の保護者たちが同意を示して頷く。

「大体、犠牲者が出たというのに、それっぽっちの情報しか開示されないなんて被害者軽視も甚だしいと思いませんか。少なくとも、犯人のプロファイリングとか行動半径とか、結愛ちゃんがどんな風に攫《さら》われたのか、そうした情報がないことには、わたしたちが自衛することもできないじゃないですか」

その通りです、と今度は千尋が立ち上がる。

「園では二人一組になって夜回りを実践されたということです。先生方には遅くまでご苦労さまだと思いますけど、巡回が園を中心とした住宅地というのは正しい判断だったんでしょうか。それこそ警察と情報共有すれば、もっと効果的な警戒ができたのではないでしょうか」

「いや、わたしたちもですね、そうした情報を欲していたのですが」

「欲していたのなら、どうしてしつこいくらいに要望を出さなかったのですか。いくら深夜とは言え、園の周辺を二時間回るだけで終わりというのは、まるで言い訳をするた

め の取り組みのようにしか思えません」

実行した教員たちには非情な言い方になるが、教員たちも千尋と同じことを考えていたのだから反論はしづらい。三笠野から無理に押しつけられたポーズであるのを自覚していた者がほとんどだった。

かたちばかりの取り組み。

弁解のための奉仕活動。

三笠野が説明した段階で見透かされるのは自明の理だったのだ。

「ポーズだけの対策だったとしたら、警戒にも抑止力にもなりません。今回の悲劇は園が招いたと言っても過言ではないのじゃありませんか」

いくら何でも言い過ぎだ――舞子がそう思った時、離れた場所で違う手が挙がった。

「異議があります」

会場内の視線が挙げられた手に集中する。件《くだん》の主は城田早紀《しろたさき》だった。

過労死で死亡した弟を巡って、香津美とはことごとく対立していた早紀だ。江戸の敵《かたき》を長崎で討とうとしているかどうかは定かではないが、それでも真知と千尋の顔色を一変させるには充分な配役だった。

他の保護者たちも両者の確執は承知の上なので、どうなることかと好奇の目を光らせ始める。

「今、園長先生は先生方による夜回りについて説明され、一部の保護者からはただのポーズではないかという批判がありました。でも両方とも、わたしが聞いた話とは少し違っています」

真っ向から真知たちに反論するのかと予想したのだが、どうやら風向きが違ってきた。

「結愛ちゃんが殺された日、つまり六月一日のことですが、その日の夜回り当番はいつもより早く巡回を終わり、そのまま帰宅したというのです」

会場から一斉に驚きと非難の声が上がった。

「何だよ、そりゃ」

「いくらポーズにしたってあんまりよ。誠意がなさ過ぎる」

「フケた後で事件が起きたんなら、それこそ責任問題だぞ」

「いったい誰の当番だったのよ」

不意打ちの発言に、壇上の三笠野は進退窮まったかのように立ち尽くす。

「園長先生、答えてください。その噂《うわさ》は本当なんでしょうか。本当だったとしたら、それはどの先生だったんですか」

進退窮まったのは舞子も同様だった。

責任逃れをするつもりは毛頭ない。しかし、まさかこのタイミングで保護者側から暴露されるとは思ってもみなかったのだ。

夜回りを早く切り上げたことは教員たちと警察以外、誰にも知らされていないはずだ。それなら教員か警察かのどちらかが情報を洩らしたのか。

いや、今はもうどうでもいい。

それにしても意外だったのは、その事実が早紀からもたらされたことだ。香津美とは対立していたはずの早紀が何故《なぜ》、声を上げたのか。

息子の悠真が好いていた結愛の敵討ちだとでも思ったのか。それとも、園児の死という事実を前に呉越同舟もやむなしと考えたのか。

いや、それもどうでもいいことだ。

非難はいつしか怒号となり、会場の中をうねっていた。

「その事実を隠しての説明だったんですか。いい加減にしてください」

「保護者をただのクレーマー扱いする気ですか」

「園長、ちゃんと答えて」

「これはもう、れっきとした隠蔽だろう」

「当日の当番は名乗り出たらどうですか。このまま逃げ続けるつもりですか」

これは報いだ、と舞子は思った。三笠野の姑息《こそく》な回避策が裏目に出た。責任者の判断だからといって流された己の失点は免れようもない。

園長、とまた別の場所から声が上がる。しかしそれまでとはうって変わった穏やかな口調だったので、会場は一瞬潮が引くように静まる。

声の主は会長の岩出だった。

「夜回りを多少早く切り上げたから事件が起こった訳じゃない。それくらいのことはわたしたちだって判断できる。だが警察から詳細な情報が開示されていない現状、可能性を払拭《ふっしょく》するのは困難だし、第一、園に都合の悪いことを指摘されるまで黙っていたのはまずい。責任の所在云々よりも、姿勢の問題を問われますよ」

理路整然とした物言いに反論しようとする者は誰もいなかった。

舞子も正論だと思った。日頃から自分が信条としているもの——それが今、舞子自身に牙を剝《む》いていた。

「園長、少なくとも事実は認めた方がいい。今しがた城田さんの言ったことが本当だったのかどうか、ここで明らかにしてくれませんか」

壇上の三笠野は追い詰められたように押し黙っているが、次に口を開けば舞子の名前を出すのは目に見えていた。三笠野はそういう男だ。

こんな男に名前を告げられるくらいなら、自ら名乗った方がよほどマシだ——そう思って右手を挙げようとした時だった。

「僕です」

舞子の隣に座っていた池波が、ゆっくりと立ち上がる。

「僕は六月一日の夜回り当番でしたが、予定よりも三十分早く切り上げました。間違いありません」

何を勝手にヒーロー気取ってるのよ。

だが舞子が口を差し挟む前に早紀が再び声を上げた。

「もう一人は？　夜回りは二人一組と園長先生が言っていたでしょう」

「わたしもです」

間に合った。

舞子は名乗り出ると同時に席を立つ。他人から指を差される前に声を上げなければ、自分を失いそうな恐怖感があった。

「舞子先生か」

岩出はひどく驚いた様子だった。

「あなたは結愛ちゃんの担任だったでしょう」

「申し訳ありませんでした」

「いや、違います。舞子先生は僕に唆《そそのか》されただけで、早めに切り上げようと提案したのは僕です」

珍しく池波は躍起になっているようだった。似合わないと思いつつも笑う気にはなれなかった。

異変が起きた。

今まで何も発せず、彫像のように座っていた香津美がふらりと立ち上がった。そして覚束《おぼつか》ない足取りで舞子の前までやってきた。

「今のは本当なんですか」

半分擦《かす》れるような声だった。

「あなたが告別式で、お友だちの描いた結愛の似顔絵を持ってきたのも、自分のミスを誤魔化すためだったんですか」

「わたしは、そんな」

言い終わらぬうちに平手が飛んできた。

ぱん。

乾いた音が会場に響き渡る。

「あなたに教育者を名乗る資格はありません」

香津美はそう言い捨てると、逃げるようにして会場を出ていった。その後を真知と千尋が追い掛けていく。

香津美の怒りに気圧《けお》され、しばらくは誰も口を開かなかった。

咳《しわぶき》一つとてない静寂の中で、叩かれた痕が次第に熱を帯びてきた。

3

皮肉にも香津美の放った平手が功を奏したのか、保護者説明会での園への追及は尻切れトンボに終わった。

池波と舞子が夜回りを早く切り上げたことはもちろん非難の対象となったが、暴力に勝る抗議行動もなく、二人の責任は捜査の推移に鑑《かんが》みて検討するという結論に落ち着いたのだ。

ただし、それで舞子に安堵《あんど》が訪れる訳ではなかった。これから結愛を殺害した犯人が逮捕されるまで、いや、その後も責任追及の声は続くに違いない。

説明会が終了したというのに、まだ打たれた頬が疼《うず》く。痣《あざ》にでもなっているのかと鏡を覗《のぞ》いてみたが、何の痕も残っていない。気のせいだと分かれば、それはそれで腹立たしい。

保護者会の面々を送り出す時、池波がいたので軽く睨んでやった。

「何、カッコつけようとしたのよ」

「悪い。ついスタンドプレーに走った」

「スタンドプレーもいいけど、二人一組だからもう一人は誰なんだって突っ込まれるのは当然じゃない。どうせカッコつけるのなら、ちゃんとそこまで考えてよね」

「今度からそうする」

本当は感謝を伝えたかった。集中砲火を浴びる恐怖と自己嫌悪、そして結愛に対する罪悪感でどうにかなりそうなところを、池波との気の置けない会話で救われている。だが改まって礼を言っても逆にぎくしゃくするだけだろう。池波との間柄はそういう種類のものだ。

最後の一人を見送ろうと会場を出た時、表がやけに騒がしいのに気づいた。見れば正門の向こう側にはマイクやカメラを構えた報道陣が鈴なりになっている。どうやら保護者の一人一人を捕まえてインタビューしようとしているらしい。

彼らの姿を見掛けたのは、結愛の死体が発見された当日からだった。最初は時間を変えて一社ずつが現場を撮っていたが、その後告別式を経て一気に数を増した。

正門から離れたここまでレポーターたちの声が聞こえてくる。

「保護者の方ですよね。火々野結愛ちゃんと同じクラスですか」

「保護者会では何を話し合ったのでしょうか。園長や担任の責任問題でしょうか」

「噂では殺人事件以前にも小動物の殺害があったということですが、事実なんですか」

「犯人に対するお気持ちをひと言」

「火々野結愛ちゃんはどんなお子さんだったんですか」

「火々野さんは先月にもご主人が亡くなっていますよね。それで今回の結愛ちゃん殺害事件が起こった訳ですが、ひどく因縁めいているとは思いませんか」

「一部には警察の初動捜査が杜撰《ずさん》だったという声がありますが、どう思われますか」

「今後の安全確保について具体案は出ましたか」

細目に開けた正門から保護者が出る度、彼らは質問を浴びせている。警備員がいなければ、正門を強引に破って園舎まで突入してきそうだ。

遠くから見れば見るほど報道陣は醜悪に映った。眉を逆立て声を張り上げている様は獲物に群がる捕食動物のようだ。もっともこれは距離を取っているからこその印象で、あの中に放り込まれたら生きた心地がしないかもしれない。

「人の不幸は蜜の味、か」

舞子の隣で正門の騒ぎを眺めていた池波がぽつりと洩らす。

「わずか五歳の女の子が殺されたんだ。もう少し控えた取材になるかと思ってたんだけど、甘かったな」

「どこまで知ってるのかしら」

「情報収集能力は警察並みだって話だからね。現にああやって一人一人を捕まえて根掘り葉掘り訊いている。おそらく以前に小動物の殺害があったことも、夜回りの件も全て暴露されていると考えた方がいい」

「それなら次の獲物はわたしたちね」

「しばらくは正門から通えそうもないな」

ところが正門の隙間から敷地内に入る人物の姿があった。白髪ながらしゃんとした姿勢で歩いてくる老人。紛《まが》うことなく町内会長の上久保《かみくぼ》だった。

「日曜だというのにえらく騒々しいことだな」

二人の正面に立つ上久保はにこりともしなかった。

「子供の声どころの話ではない、うるさくておちおち寝てもいられん。飼い犬は一斉に騒ぎ出しよるし、あいつらのせいで表も歩かれん。迷惑防止条例というのを知っておるかね」

「僕たちが騒いでいる訳ではありませんよ」

「原因を作ったのはそちらではないのか」

そう言われるとひと言も返せない。

「町内会を代表して抗議にきた。説明会の直後だから園長もいるだろう。会わせてくれ」

「約束はありますか」

「ふむ。園はこういう騒ぎになることを先に警告でもしてくれたのか。そちらが予告なしなら、こちらも予告なしさ。通るぞ」

上久保は二人を脇に押し退けると、有無を言わさず中に入っていく。老人のくせに大した力だと感心する間もなく、奥へ奥へと進んでいく。教室以外の部屋は職員室と園長室くらいしかないので、初めて訪れた人間にも間取りが分かる。実際、上久保が園長の居所を探し当てるのに数分とかからなかった。

「園長はいるか」

ノックもせず強引に園長室に入っていく。中にいた三笠野はまず上久保の闖入《ちんにゅう》に驚き、次にひどく迷惑そうな顔をした。

「面会の約束をしたつもりはありませんが」

「そうだろうな。わしも約束した憶えはない」

「いったい何のご用ですか」

「もう見当はついているだろうが、表の騒ぎについて抗議しにきた」

三笠野の視線が、遅れてやってきた二人に注がれる。

「あなたたちで対応できなかったのですか」

「ああ、その二人は責めんでよろしい。わしが無理やり突破してきたものだからな」

「下手をすれば不法侵入ですよ」

「ふん、この幼稚園が取り潰しになるのとわしが逮捕されるのと、どっちが早いかな。大体、こうでもせんと園長はわしに会おうともせんだろう」

「そんなことはありません。しかるべき筋を通していただければ、わたしだってちゃんと」

「この訪問も町内会の総意だ。筋は通っておるよ」

伺いましょう、と三笠野は渋々上久保にソファを勧める。

「まずは預かっている女児がまことに痛ましい目に遭ったことを悼む。これは本当に悲しく、そして許し難いことだ。一刻も早く犯人が検挙されることを願ってやまない」

「どうもご丁寧に……」

「しかしそれとは別に、ここ数日の騒ぎには目に余るものがある。多くの警察車両が住宅地の中を行き来するのは捜査のためだからやむを得ないとして、あのマスコミの馬鹿どもは何とかならんのか。朝から晩まで大勢で押し掛けるわ、住民誰彼なしにマイクを突きつけるわ、無遠慮に喋り立てるわ、挙句の果てには飲食の容器をそのまま放置していきよる。いったいあいつらには道徳とか礼儀とか常識とかはないのか。そんな当たり前を弁《わきま》えずに、報道の自由とか何とか叫んでおるのか」

上久保の抗議自体は至極真っ当なものだった。今朝、園に来る際も正門付近は空き缶やプラスチック容器が散乱していた。しかもあの大騒ぎだ。近隣には乳飲み子を抱えた家族もいるから、報道陣の出現は迷惑以外の何物でもない。

「しかし上久保会長。迷惑なのはウチも同じなのですよ。毎日あんな風に正門を占拠されていては、登園降園にも支障が出ます。現に先刻の保護者会でも、何とかせよと多数の要請があったくらいです」

「しかし、あんたたちに責任が全くなかったとは言えまい。警察の取り組み方が不充分だったのも園からの押しが足りなかったからではないのか」

「それは園の責任でしょうか」

「地域住民の平穏を考えれば、やり過ぎくらいでちょうどいい。教職員による夜回りなども敢行していたようだが、もっと広範囲に、もっと長時間行っていれば今回の悲劇は防げたのかもしれん」

「さすがにそれはいち施設の責任範囲を超える話ではありませんか」

「ほう。現に幼い命が奪われたというのに、その言説を正門に集《つど》っておる噂好きのスズメたちの前で開陳できるかの」

　三笠野は無念そうに黙り込む。園には園の都合があるが、今は結愛の事件の痛ましさが前面に出ており、少しでも責任回避の姿勢を見せれば見当違いの袋叩きに遭う惧《おそ》れがある。平時は通用する理屈も、情報の送り手と受け手が感情的になっている時には通用しない。

「兎《と》にも角にもこれだけ騒がれては周辺住民の平穏な生活が維持できん。ここは若葉幼稚園の方で対処してもらわんとな」

「しかし上久保会長。報道陣は犯人が検挙されでもしない限り、立ち去ってはくれんでしょう。警察でもないわたしたちが犯人を捕まえることはできませんよ」

「何もあんたたちに警察や探偵の真似事《まねごと》をせえとは言っておらん。せめて正門におるマスコミどもを排除するなり、事件を早期解決させるよう警察に圧力を掛けるなり、いくらでもやり方があるだろう」

「無茶を言わないでください」

「町内で一日中大騒ぎされる無茶に比べれば何ほどのものか」

以前より園児の騒音問題で何度も捩《ね》じ込んでいる。効果的な対策を立てられないままにしていた園は町内会に対して弱い立場だ。それを見越した上で無理難題を押しつけようとしている。強引だが、時宜を踏まえた狡猾な交渉手段でもある。

「もっとも、そんな面倒なことはせず、一気に解決させる方法もない訳じゃない。若葉幼稚園を廃園にすればいいだけの話だ」

途端に三笠野の顔が険しくなる。

おそらく舞子も似たような表情をしているのだろう。

「最初から、それを提案するつもりでしたか」

「根本的解決だとは思わんかね」

「それこそ無茶だ。いったい世田谷区の中で何人の待機児童がいると思っているんですか。その上ウチが廃園なんかしてしまったら、ここの園児はどうしたらいいんですか」

「それはそっちの都合だ。わしは住民の利益と都合を代表している。子供や親の都合まで考えている余裕はない」

余裕はないと言いながら、上久保はソファに悠々と上半身を沈める。対する三笠野は代案も適当な交渉材料もなく、劣勢を強いられるしかない。

「いくら何でも極端です。暴論と言ってもいい」

「廃園が極端と言うなら、園児保護のため、保育中は一切園舎の外に出さないという案でも構わない。周辺住民への配慮と園児の安全確保両方を達成できる」

これも上手《うま》いやり方だった。最初に無理難題を吹っかけて、その後に大幅譲歩したように見せかける。しかし実際はそこを落としどころに定めて交渉を進めているはずだ。

普段の三笠野であれば用心したのだろうが、今回はいかにもタイミングが悪かった。警察と保護者会両方からプレッシャーを掛けられ、しかも飛び込みで無理やり面談させられた。弱り目に祟《たた》り目、油断していたところに急所を刺されたといった有様だ。

「……今、ここでわたしがどうこう答えられることではありません」

「ああ、それはそうだろうとも。経営母体の喜徳《きとく》会にも相談する時間が要るだろう。いいとも、時間は差し上げる。無期限ではないがね。では失礼するとしよう」

上久保はソファから腰を上げると、三笠野や舞子たちを一顧だにせず部屋から出ていった。

挨拶も抜きで去られた方こそいい面の皮だ。三笠野は苦虫を噛み潰したような顔をして舞子たちを睨んだ。

「何をしげしげと見ているんですか。他に用がなければ職員室へ戻ってください」

三笠野を眺めていても居心地が悪いだけなので、舞子は黙って回れ右をする。どちらにしても今日の保護者説明会の記録を作成しなければならない。池波も同様だ。

「機を見るに敏、ていうのはああいうことかね」

職員室に向かう途中で池波は感心したように言う。

「若葉幼稚園が苦境に立たされた今を見計らって奇襲をかけてきた。冷静に聞いたらあんな要求は言い掛かり以外の何物でもないけど、こういう状況で振り翳《かざ》されると、つい一考してみようかという気にもなる。伊達《だて》に歳《とし》を取っちゃいないよ」

「わたしたちが夜回りを早めに切り上げた件を口にしなかった」

「まだ知らずにいるのか、それとも第二の矢として温存しているのか……どっちにしてもぞっとしない話さ」

「……一つだけいい？」

「何なりと」

「池波先生、ずいぶん楽観的に見えるんだけど」

「楽観じゃなくて達観してるんだよ」

池波は事もなげに言う。

「事態は最悪、立場も最悪。園長は責任をおっ被せようとしているし、保護者会や周辺住人の印象も最低。おまけに敷地を一歩出たら、マスコミのマイクとカメラにつけ狙われる。退《ひ》くも地獄、進むも地獄。ついでに寝不足と付帯業務で体調も万全じゃない。でも」

「でも？」

「受け持ちの子に死なれ、公衆の面前で頬を打たれて罵倒された誰かさんよりはずっとマシだ」

「……見くびられたものね」

「そうかな」

強がってはみたものの、自制心が限界に近づいているのが自分でも分かる。結愛の死だけでも相当応えている上に、様々な関係者から様々な仕打ちを受けた。外部環境に左右されにくい性格だと自認していたが、さすがに今回は今までと勝手が違う。

とにかく記録の作成が終わったら真直ぐ自宅に戻ろう。冷たいシャワーを浴び、お気に入りの音楽を聴きながら、その間は結愛のことも園のことも忘れよう。

そうしなければ自分が壊れてしまいそうだ。

保護者説明会の記録作成は言わば罰ゲームのようなもので、職員室には舞子と池波しか残っていなかった。

閑散とする中、二人はパソコンを起動して作業に入る。説明会の模様はＩＣレコーダーに録音してあるので、内容を纏《まと》めながら議事録を綴るだけだ。そして作業に集中していれば雑念も払える。

レコーダーを再生し、一時停止し、また再生する。まとめた文章を画面に打ち出す。ほどほどに頭を使うが基本は単純作業だ。続けていると次第に夾雑物《きょうざつぶつ》が振り落とされていく。

ところが、折角作業に没頭し始めた頃に、卓上電話が鳴った。日曜日だというのに誰が何の用事だろう。もし愚にもつかない抗議電話ならいきなり留守番電話に切り替えてやろうか。

しかし万が一、園児の急を知らせる電話なら放ってはおけない。どちらにせよい い知らせではないが、舞子は溜息《ためいき》を吐《つ》いてから受話器を上げる。

「もしもし」

『あのう、あたしこの間の授業見学でお世話になった久遠友美《くおんともみ》です』

待機児童を抱えているという、あの母親か。

どこか野卑で粘着質な声で、ゆっくりと顔が思い浮かぶ。

「何のご用でしょうか」

わざわざ日曜日に、というのは言わないでおいた。

『その声、神尾先生でいらっしゃいますよね』

「はい、そうですけど」

『先日、そちらで預かってらっしゃるお子さんが殺されたそうで……どうもご愁傷様です』

「ご丁寧にありがとうございます」

「誰」

文書作成中の池波がこちらの様子を窺《うかが》う。片手で制して舞子は会話を続ける。友美ごときで相手を替わってもらう理由はない。

『つきましては、その、募集がいつになるか教えていただきたいと思いまして』

「募集？」

『ええ。あのですね、欠員が一人出た訳だから、当然募集が掛かりますよね。それで募集が掛かる前に、何とかウチの子を入園させてもらえないかと思って』

最後まで聞く必要もなかった。

眠っていた憤怒が目を覚まし、舞子は不安に襲われる。自制心が不安定な今、野放図に怒りを解放したら、また別の失態をやらかすかもしれない。

落ち着け。

落ち着け。

舞子は胸の裡《うち》でゆっくりと数を数え始める。

一、二、三、四、五、六――古典的な方法だが案外有効なので、感情を制御する時にはいつもこうしてきた。

「申し訳ありませんが、現在新たに募集する予定はありません」

『えっ、でも欠員が……』

「生憎《あいにく》ですが、欠けたら補充するという種類のものではありませんので。それでは失礼します」

向こうの返事も待たずに受話器を下ろす。この程度なら非礼には当たらないだろう。第一、先にとんでもない非礼を仕掛けてきたのは友美の方だ。

舞子の受け答えで内容を察したのだろう。池波はお疲れ様と声を掛けてきた。

「おそろしく目敏《めざと》い母親がいるもんだね」

「これは目敏いんじゃなくて偏執的っていうのよ。自分の子供が殺されたらなんて考えないのかしら」

「そんな想像力があったら、そもそもこの時期に電話なんてしてこないさ」

人間の一番醜悪な部分を見せつけられたようで、気分が悪くなる。黙っていると、池波が慰めるつもりなのか、こんな台詞を吐いた。

「誰かが泣けば、別の場所で誰かが笑っている。世の中っていうのは、そういうものなんだろうね」

議事録の作成が一段落したのは午後六時過ぎのことだった。まだ若干の作業が残っていたが、先に帰れと池波がうるさく言うので後を任せてきたのだ。

池波なりに気を利かせたのは分かっている。明日はまた通常業務だ。今夜のうちに可能な限り休息を取れという無言のエールに違いない。

いっそ休暇を取るという選択肢もなくはない。しかし急な休暇願は他の教員にしわ寄せが及ぶし、何より舞子の自尊心がそれを許さない。形勢不利であっても、ここで職場から離脱すれば逃げを打ったことになる。

そして逃げたら最後、自分はもう二度と立ち上がれないであろうことを知っている。

何がデジタルウーマンなものか。脆弱に過ぎる精神を、なけなしの理性と理論武装で辛うじて護っているだけではないか。自覚しているから肩肘を張って歩いてきたのだ。

夕暮れ近く、正門に人影はなかった。溢れ返っていた報道陣も明日の取材合戦に備えて英気を養っているのだろうか。それでも注意深く、舞子は裏門に向かう。

左右に人影がないのを確認してから外へ出る。我が勤務先から退出するのに泥棒のような真似をするのは癪《しゃく》だったが、騒ぎが収まるまでは致し方ない。

表通りに足を向けたその時だった。

「若葉幼稚園の神尾先生ですよねっ」

いきなり斜め前の家の陰から一組の男女が飛び出してきた。

男はカメラを肩に担ぎ、女はＩＣレコーダーを手にしている。

やられた。待ち伏せされていたのだ。しかもどうやって調べたのか、舞子の顔と名前を一致させている。

「〈ぐっどニュース〉の者です。お話を聞かせてください」

女の顔には見覚えがある。よくワイドショーで見掛ける宮里《みやさと》とかいうレポーターだ。ショートボブで小柄な女だが、質問の内容や物言いの下世話なことで知られている。本人も自覚しているらしく、最近は〈毒里レポーター〉なる異名まで拝受している。

「殺された結愛ちゃんは神尾先生が担任されてたんですよね」

「すみません、そういう質問は幼稚園を通してもらうようになっていて」

「今日は結愛ちゃん殺害に関して保護者説明会があった訳ですが、若葉幼稚園ならびに神尾先生の責任を追及する声はありませんでしたか」

「ちょっと通してください」

「結愛ちゃんというのは、どんなお子さんでしたか。あの派遣社員過労死疑惑の〈スタッフバンク〉社長の一人娘だったんですよね」

宮里の声がひときわ大きくなる。

「そういう悪評判の父親を持つ子には、やっぱり特別の感情とかありませんでしたか。たとえば世間に代わってお仕置きをしてやろうとか。それで結愛ちゃんに厳しく対応したりとか」

舞子は足を止めた。

いくら何でも聞き捨てならなかった。それが舞子を振り向かせるための方便であったとしても、決して許してはならない言葉だった。

「ワイドショーのレポーターさんでしたよね」

「そう名乗りましたけど」

「あなたが普段ひけらかしている薄っぺらな社会正義、聞いていてとても面白いのだけれど、他の人間も同じだとは思わないでくださいね」

「どういう意味でしょうか」

「あなたたちの人を測る物差しはちっぽけで、しかも歪《ゆが》んでいる。せめてそれを矯正してからインタビューしてください」

このくらい皮肉を利かせれば、もう追っては来ないだろう――そう思って二人に背を向けた。

だが、そこからが〈毒里レポーター〉の本領発揮だった。

「逃げるんですか、事件当日の夜みたいに」

今度は自然に足が止まった。

「取り決めになっていた夜回りを中断して、同僚の男性とよろしくやっていたんですってね。それで結愛ちゃんがその時間に殺された。そちらもつくづくご立派な正義ですよね」

振り返ると宮里は勝ち誇ったように嗤《わら》っていた。その嗤いが誘い水であるのは重々承知している。舞子が怒れば怒るほど相手の思うつぼであるのも分かっている。

「最近の幼稚園の先生はノー残業デーだとかひとクラスあたりの園児を減らせとか権利ばかり主張するという話を聞きましたけど、それどころか義務の放棄まで進めてるんですねえ。まあ、それくらいしないと、拘束時間の長い職場でいい結婚相手もゲットできないでしょうし」

無視しろ。

怒りを呑《の》み込め。

「だからといって、巻き添えになる園児は堪《たま》ったものじゃないけど。結愛ちゃんもこんな担任の先生で運が悪かったんですよね」

録音内容は後でどうとでも編集できる。要は自分の不都合な質問は消去し、舞子の感情的な台詞さえ残せばいいのだ。

舞子は宮里に向き直り、つかつかと歩み寄ると問答無用でレコーダーを取り上げた。

「何するのよっ。壊したり何かしたら器物破損で」

レコーダーを破壊するつもりなど毛頭ない。手際よく本体から電池を抜き取り、そのまま宮里に突き返した。

「失礼。ちゃんと電池が入っているか確認したくて」

レコーダーの作動中に電池を抜くと、データが破損する可能性が高い。宮里のレコーダーがそのタイプかどうかは確認できないが、相応の嫌がらせにはなるだろう。

「そうやって運不運だけで他人の人生を決められたら、きっと楽でしょうね」

言い捨てて、今度こそ後ろも見ずに立ち去る。宮里たちも追ってくる気配はなかった。

勝利感など微塵《みじん》もなく、苦い思いが胸に溢れた。

東西線の電車に揺られて三十分、駅から更に歩いて五分。

舞子はアパートの自室に辿り着くとバッグを放り投げ、バスルームに直行した。

髪も、肌も、爪も、今日一日纏わりついた全てのものを洗い流したかった。

強めのシャワーを頭から浴びる。

有難いことに、涙が流れているのかいないのか自分でも判然としなくなった。

4

『そして結愛ちゃんの担任はわたし宮里の持っていたレコーダーを奪うと、いきなり電池を抜いて使用不能にした後、あっちの方角へ逃げ去ってしまいました。担任として結愛ちゃんの死に何を思うのか。また取り決められていた夜回りを中断した矢先に結愛ちゃんが殺害されたことについて、どんな気持ちだったのかをお訊きしたかったのに残念です』

画面は走り去っていく舞子の背中を捉えている。

「音声が入っていないせいもあるけど、絵面だけだと逃走中の容疑者にしか見えないよね」

スマートフォンを覗いていた池波は苦笑した。

「人を悪人っぽく映すことにかけては、あっちはプロなんだからさ」

何の慰めにもならないが、池波の寸評はもっともだった。音声なしの素材ではどうすることもできないと高を括《くく》っていたが、相手はそれを逆手に取ってきたのだ。舞子は自分の判断が甘かったと悔やんだが、後の祭りだ。

全国ネットのワイドショーに流れたので多くの視聴者がこの映像を目にしている。園の同僚や保護者たちも同様だろう。昨日の平手打ちに加えてこのニュース映像だから、関係者の舞子に対する心証は真っ黒どころの話ではない。

「舞子先生、ちょっといい？」

同じ年長組担任の八神鈴香《やがみすずか》が例のごとく腹痛を堪えているような顰《しか》め面《つら》で話し掛けてきた。

「園長に報告する前に舞子先生の耳に入れておいた方がいいと思って」

「何でしょう」

「今朝、さくら組のお母さん二人から電話が入ったの。担任を替えるかクラスを替えてくれって」

ああ、やっぱりかと思う。あんな胡散臭《うさんくさ》い担任に自分の子供を預けたくないというのは、母親として至極真っ当な感覚だろう。

「取りあえず産休以外の担任替えと期中のクラス替えは前例がないとは断っておいたけど、そういう話があったことは憶えといて」

幼稚園のクラス編成には相応の理由がある。

まず通園環境の観点から自宅の位置に偏りがないようにする。

次に誕生会の都合で、毎月誕生日の子供がいるようにする。

三つ目に同じ個性に偏らないよう、子供たちの関係性に配慮する。

決して母親の都合で決めているのではなく、いったん決めたものをころころ替えられるものでもない。従って園の方針も期中のクラス替えを認めておらず、鈴香への直訴も無駄ということになる。

だがあの三笠野のことだ。保護者から押し切られたら特例と称して許してしまうかもしれない。その結果、待っているのは教育環境の不均衡と舞子に対する不信だ。

自ら招いたこととは言え、事態はますます舞子を追い詰めていくようだった。

「皮肉なことに、僕の方はまだあまり影響が出ていない」

池波はどこか申し訳なさそうに言う。

「舞子先生をたぶらかした張本人だっていうのにね。テレビに映らなかったというだけでこんな違いが生じる」

「運なのかしら」

「多くの人間があまり考えていない証拠だろうな。考えない人間は印象で物事を決めてしまうから」

池波の言説は大抵皮肉交じりだが、正鵠《せいこく》を射ている。きっと世の中の摂理が皮肉に満ちているからだろう。

教室に赴くと、そこでも異変が待っていた。園児二人が届け出なしに欠席していたのだ。

「亘《わたる》くんは風邪だって」

「美優《みゆ》ちゃんも風邪だって」

二人と通園コースが同じ園児が教えてくれた。本当に風邪なら仕方がないが、二人とも保護者から直接の連絡がないのがあからさまだ。要は担任の舞子と話すのも嫌という意思表示だろう。

「そうですか。風邪が流行《はや》っているのかもしれませんね。みんなも外から帰ってきたら、お手洗いとうがいをしてください。それだけで風邪に罹《かか》りにくくなります」

「はーい」

「はーい」

取ってつけたような注意に我ながら胸糞《むなくそ》悪くなるが、子供相手にはそう纏めるしかない。

休むのは本人たちの勝手だ。しかしその代償に授業が遅れる。遅れた分は取り戻さないといけないので、該当する子供のカリキュラムは濃縮させることになる。結局は舞子と子供の負担が増すだけだ。そして負担が増大すればキャパシティはどうしても落ちる。いつまでこんなことが続くのだろうか。いや、そもそもこの状態がますます悪化しないという保証はどこにもない。

不安を押し隠したまま、舞子は授業に臨む。

人の噂も七十五日という。それなら事件発生から五日目は最盛期だ。今日も正門前は報道陣で黒山の人だかりとなっている。心なしか昨日よりもカメラの砲列が多いように見受けられる。脚立の上でカメラを抱えている者は確実に増えている。園児が中にいても外に出ても、不躾《ぶしつけ》な視線を投げてくる。敷地内には侵入できない決まりだが、こうもじろじろ覗かれてはあまり意味を成さない。外で遊戯をしていた園児の中には緊張か恐怖のせいで泣き出す子まで現れた。

影響は授業以外にも現れた。取材電話および抗議電話が殺到したのだ。特にひどかったのが抗議電話の類いで無言電話はまだ軽微、被害甚大なのは名乗りもせず延々と罵詈《ばり》讒謗《ざんぼう》を繰り返す輩《やから》だった。不思議なことに乱暴で理不尽な内容は決まって部外者らしき者からのクレームだった。罵倒の仕方もただ憂さ晴らしじみた感があり、部外者であるのに居丈高でしかも粘着質だった。

教員の何人かが精神的苦痛を訴えたが電話は鳴りやまず、遂に三笠野は電話一本を除いて他は全てコードを抜かせた。

正門で待ち構えられていたら、当然登園と降園にも支障が出る。何しろ園児が出入りする度、母親が送り迎えする度にカメラとマイクで取り囲むものだから迷惑この上ない。

まるでヤクザの嫌がらせに近いものがあったが、群がる報道陣の目は例外なく使命感に燃えているようなので、事によるとヤクザよりもタチが悪いのかもしれない。

「まともに送り迎えができなくなった」

「レポーターがしつこく迫るものだから子供が怯える」

「子供が夜泣きし始めた」

当然、母親からの苦情が殺到し、これに近所からのクレームが加わる。おちおち散歩にも出られない、半ば道路が封鎖されているので迂回《うかい》しなければならない、これで緊急車両が通れなくなったら誰が責任を取るのか、やかましくて落ち着かない。

上久保の主張と要求は極端ではあったものの確かに住民の意思を反映したものであることが分かってきた。何のことはない。彼は町内会長としての任務を実直に果たしただけだったのだ。

よくイジメの問題がニュースに取り上げられると、件の担任は休暇を取ることが多いという。以前の舞子は彼らを無責任と断じる傾向にあったが、いざ自分がその立場になってみると休暇を取らざるを得なかったのだと理解できる。とにかく仕事にならないのだ。至るところに邪魔が入り、ルーチン業務さえ満足にこなせない。その反面、ストレスだけが蓄積するという案配だ。影響は職場全体に及ぶので、本人不在の方が仕事が回りやすいという逆転現象さえ起きてくる。

実際、職員室の雰囲気は日増しに舞子と池波を邪魔者扱いし始めた。同僚だから同情できる部分もあるのだが、今は同情よりも排外意識の方が強くなっている。それは彼らの視線と仕草に色濃く反映されていた。

この状況を何とかしろ。

何とかできないなら責任を取れ。

声に出さずとも、皆の顔がそう告げていた。

それでも仕事をしている間はまだよかった。一番億劫《おっくう》なのは正門を潜《くぐ》る時だった。五日目ともなれば報道陣の全員が舞子と池波の顔を憶えている。裏口から出入りしても一緒だ。二人が姿を現すなりウンカのように群がり、凶器のマイクとカメラを突き出す。まるで人民裁判のごとく質問と怒号を浴びせ、答えれば絡み、答えなければ追い掛けてくる。今はまだ園の周辺に限定されているが、自宅アパートまで狩猟範囲が拡大するのも時間の問題だった。

飄々《ひょうひょう》とした立ち居振る舞いが身上だった池波も、疲労の色を隠せなくなった。寝不足なのだろうか目の下に隈をこしらえ、受け答えからは軽妙さが影を潜めた。

舞子は生理が止まった。今まで二日と遅れた憶えがないので、自覚している以上に心身が変調を訴えている証拠だった。

二人の心身が壊れるのが先か、マスコミが取材を諦めるのが先か。

ゴールの見えないチキンレースの日々、舞子は確実に消耗していった。

六月十日。事件から早くも一週間以上経過したが、事態は一向に好転せず、それどころか悪化の一途を辿っていた。

捜査本部からは捜査の進捗《しんちょく》報告が一切為されず、苦情電話は減らず、周辺住民の態度は硬化し続け、舞子と池波は職場で完全に孤立した。今では業務連絡以外、誰も二人には話し掛けてこない。

ふう、と池波が溜息を洩らしたのは保育の終了した午後二時過ぎだった。

園児を母親に返すと、言いようのない疲労が全身を襲った。ただの肉体疲労でなく、精神の芯まで蝕《むしば》むがんの痛みのように思えた。

他の教員が職員室へ引き上げていく中、舞子と池波だけは園庭で正門のウンカをぼんやりと眺めていた。

「池波先生ー」

「神尾先生ー、こっち来てくださあい」

「まだ結愛ちゃんのお母さんに謝罪してませんよねー」

「どうやって責任を取るつもりですかー」

「逃げないでくださーい」

「教育者ですよねー」

「ひと言だけお願いしまーす」

「仕事とは言え、大変だよねえ」

「はあ？」

池波の言葉に思わず反応した。

「多分さ、あの人たち一人一人は善良な父であり母であり、夫であり妻であり、そして誰かの子供なんだよ」

「……よく同情するような余裕があるわね」

「同情じゃなくてさ、そうとでも考えなきゃやってられないんだよ。僕たちが教えている園児たちだって、成り行き次第じゃマスコミ方面に就職するかもしれない。で、事件の現場に回されたらみんな否応《いやおう》なくああなる。そんな風に想像すると憎んでばかりもいられない。だからといって、ほいほい取材に応じるつもりもないけどさ」

共感はできなかったが、嫌悪感を間引くことはできた。信念や信条で飯は食えない。生活の糧《かて》を得るために、己を切り売りするのはどんな職業も同じだ。言い換えれば、職業人というのは割り切ってしまった者たちの別名なのかもしれない。

舞子も割り切った者の一人だと思っていたが、どうやら違ったらしい。業務以外のことで頭を煩わせ、部外者の声に悩まされ、見知らぬ者の視線に神経をすり減らしている。

ひょっとして自分はこの仕事に向いていないのではないだろうか。やはり学生の頃に憧れた音楽家の道を目指すべきではなかったのか。アマチュア音楽家など星の数ほども存在する。もちろん演奏だけでは食っていけないのでバイトで生活費を稼ぐ傍ら、休日や睡眠時間を削って練習しながらステージに立つ。そういう人生もある。

早々に見切りをつけた音楽人生だったが、本当に終わってしまったのだろうか。今年二十六の自分には、もうチャンスがないのだろうか。

不意に辞職の二文字がちらついた。

まだ二十六なのか、もう二十六なのか。

今度の一件を機に飛び出してみるのは吉なのか凶なのか。

一度思いつくとなかなか頭から離れようとしない。悶々《もんもん》としていると、横から肘で小突かれた。

「見なよ」

池波が顎《あご》で指す方に目を向けると、見覚えのある人物が正門からこちらへ歩いてくる途中だった。どこか疲れたような、おっとりした中年男。

「お二人とも、ご無沙汰でしたね」

古尾井は面白くなさそうに頭を下げ、舞子も渋々それに倣《なら》う。

元はと言えば、この男のせいだ。この男が本腰を入れて捜査してくれていれば結愛の死は防げたかもしれない。それが今更何の用だろう。

古尾井は報道陣の群れに振り向く。

「ずいぶん難儀なことになっていますね」

「ええ、お蔭様《かげさま》で」

つい舞子は声を尖《とが》らせた。

「あの様子じゃ、お二人ともまともに仕事ができないでしょう。マスコミやら周辺住民やら」

「騒音で被害届でも出てるんですか。それならあの人たちに言ってください。園だって迷惑しているんです」

「いや、実はわたしもお二人と同様でしてね」

古尾井は皮肉に笑ってみせる。

「火々野結愛ちゃんが殺害されて、警視庁の捜査一課が出張ってきたでしょう。世田谷署との合同捜査ですが、実際は警視庁の主導でウチは後方支援です」

「それがどうしました」

「すっかりわたしは四面楚歌《しめんそか》になっちゃいましてね。小動物の殺戮は今回の事件の前兆だったに違いない。その時点で犯人を挙げていれば幼女の殺害は防げたかもしれない。

世田谷署の生活安全課はどこで油を売ってたんだと、まあ管理官という偉いお人からキツく責められまして」

「当然だと思います」

「相変わらず手厳しい。しかしね、警察組織の厳しさは先生の比じゃない。上からの叱責は下に届くまでに増幅するんですわ。で、担当だったわたしは署長からも課長からも、ついでに同僚からも責められ続けて浮かぶ瀬もなし。今や碌に口を利いてくれる者もいない」

「それだって当然の報いです」

「ええ、わたしはその程度の報いで済みます。ですが、殺された結愛ちゃんはそういう訳にはいかない」

不意に口調が硬くなった。

「わたしの至らなさが原因で五歳の子供が殺されたとあっては、のうのうと後方支援に回るつもりもない。昨日今日手錠を預かった新米でもない。今度の事件では大いに誇りを傷つけられもしている」

舞子はようやく古尾井の不穏さに気がついた。

「何をするつもりなんですか」

「ここにいる三人には共通点がある。結愛ちゃんを亡くしたことで責任を問われ、孤立し、プライドをずたずたにされた」

古尾井はこちらの反応を窺い見る。プライドが傷ついたのは本当だったので、敢えて否定しなかった。

「それだけ共通しているのなら協力し合わない手はない。そう思いませんか」

すると池波が興味を示したように顔を近づけてきた。

「具体的には？」

「どうせ本部からは、捜査の進捗状況なんかまともに報告されてないでしょう」

「それで困っています」

「ぎりぎり内規に抵触しない限り、進捗状況を教えます。その代わり、捜査一課にも話していない情報があったら、わたしにくれませんか」

「三人ぽっちで犯罪捜査をしようっていうんですか」

「お二人は情報提供するだけ。捜査するのは、あくまでわたしの仕事です。どうです。結愛ちゃん殺害の犯人を挙げることが、この三人にとって一番の汚名返上に繋《つな》がると思うんですがね」

舞子は池波と顔を見合わせる。

断る理由は何も見つからなかった。

四　ガーディナー

1

「いったい捜査はどこまで進んでいるんですか」

捜査協力の依頼を受けるなり、池波《いけなみ》はそう切り出した。

「それを先にわたしに訊《き》きますか」

「こちらから一方的に情報を提供し続けていましたからね」

古尾井《ふるおい》は虚を突かれたようだった。

「素人探偵の真似事《まねごと》をするつもりはありませんけど、何も知らされないままでは情報を提供する側も不安になります。不躾《ぶしつけ》な言い方になりますけど、これ、正式な命令に基づいた捜査じゃないんでしょ」

池波は人の足元を見るような言い方をする。刑事相手によくそんな交渉ができるものだと、舞子《まいこ》は感心する。

しばらく池波の様子を窺《うかが》っていた古尾井は、やがて物憂げに言った。

「実際、捜査本部は未《いま》だに容疑者を絞り込めていないんですよ。正門近くの監視カメラはひどく古い型で解像度も悪く深夜帯での映像の解析に未だ苦労していると聞いています」

捜査の進捗《しんちょく》状況など一度も知らされてなかったので、舞子はやや意外な感に打たれる。

ここから先は自分が質問するべきだろう。

「結愛《ゆあ》ちゃんはどんな風に殺されていたんですか」

「詳細は親族にも告げていないんですよ」

「直接の死因だけでも」

「窒息死です。おそらくは大人の手で絞められたんでしょう」

瞬間、何者かが結愛の首を絞めている光景が思い浮かんだ。慌てて振り払うが、禍々《まがまが》しい後味が残る。想像しただけで叫び出すような小心者ではないが、教え子のそれを想像して平気でいられるような無神経でもない。

「司法解剖の結果、死亡推定時刻は一日の十時から十一時までに短縮されました。胃の内容物の消化具合から算出されました」

「夜の十時から十一時の間なら僕と舞子先生が巡回しているちょうどその時ですね」

「ええ。だから両先生は完全にアリバイが成立しています。わたしがお二人に心置きなく捜査協力を申し入れできるのも、その理由からです」

「しかし、たとえば僕たち二人ともが犯人で、巡回中に結愛ちゃんを殺害し、どこかへ隠した後で園の正門前に置いたという仮定も成立するんじゃないですか」

思わず舞子は池波を凝視する。そう疑われる可能性は舞子も考えていたが、何も刑事である古尾井を前にして言うことではない。

しかし古尾井の反応は至極あっさりしたものだった。

「その仮定は成立しそうでしません。お二人が九時過ぎまで残業で残っていたのは他の先生から聴取済みです。七時以降に消息を絶った結愛ちゃんを拉致《らち》する時間的余裕がありません。そしてお二人が巡回したコース、実は警視庁捜査一課の細根《ほそね》という刑事が実際に回ってみたんです。大人の足でかなりの早足でも、途中で抜け出して結愛ちゃんを拉致して戻ってくるのは不可能。もっとも別の共犯者が結愛ちゃんを巡回現場まで連れてきて殺害するという方法もなくはないですが、共犯者がそこまで増えるのは非現実的です。よってこの仮定も却下しました」

聞きながら、舞子は古尾井に対する考えを改めざるを得なくなった。小動物の殺害について捜査していた時にはそれほどとも思えなかったが、本当はよく頭の回る男だったらしい。

「それにですね、お二人には決定的に欠けているものがある」

「それは何ですかね」

「動機です」

古尾井は半ば不貞腐《ふてくさ》れたように言う。

「お二人には結愛ちゃんを殺害する動機が全くない。いや、あなたたちだけじゃない。どんな人間にも、わずか五歳の女の子を殺さなきゃならない動機なんてない。捜査本部では幼女趣味の性癖を持つ者の仕業とする意見もあったようですが、これは遺体に悪戯《いたずら》の痕跡がなかったことで否定されました。悪戯目的以外で幼女を殺害するという事件はあまり前例がありません。また結愛ちゃんが亡くなった火々野輝夫《ひびのてるお》氏の忘れ形見であることから財産狙いという線もありますが、これは相続人が奥さんと娘さんの二人きり。しかも娘さんの取り分は事実上香津美《かづみ》さんの管理下にあることから一蹴されています」

そう返されて池波も考え込んだ様子だ。

なるほど動機がなければ容疑者にもなり得ない。捜査本部の懊悩《おうのう》は舞子にも理解できた。

「捜査本部は焦っています。具体的に言えば、五歳児を殺害しなければならない動機を探すのに難渋しているんですよ」

そして古尾井は舞子と池波を睨《ね》めつけるように見た。

「お二人に伺いたいのはそこです。捜査本部の連中でさえ見逃している容疑者と動機。結愛ちゃんの担任だった神尾《かみお》先生、保護者や園の事情に詳しい池波先生なら何かヒントをお持ちじゃないかと思いまして」

舞子と池波はまた顔を見合わせる。ただし今度は困惑顔だ。

「司法解剖の結果と捜査本部の現状。こちらから提供できる情報は提供しました。次は先生方の番ですよ」

「そう言われましてもねえ。僕らだって簡単には思い浮かびませんよ。第一、殺意が醸成されそうな剣呑《けんのん》さがあったのなら、とうに問題化していて職員会議の議題になっていますよ」

「本当にそうですか」

古尾井の追及はやまない。ここまで執拗だったのも再発見だった。

「職員会議の議題に上がらずとも、不穏な空気を醸し出す。問題にするほどでもないが無視もできない。いや、ひょっとしたらそんな雰囲気すら発していない些細《ささい》なことかもしれない」

「雰囲気もないような話が捜査に役立ちますかね」

「役立つかどうかを判断するのは、わたしの役目ですよ」

いささか高飛車な物言いに引っ掛かるが、これは古尾井の職業意識の表れだろうと好意的に解釈しておく。折角共闘関係になったというのに、初期段階で揉《も》めていては先が思いやられる。

「誰かいませんか。結愛ちゃん単独でなくても、彼女たち園児の存在が疎ましいと思うような人物が」

「疎ましいというだけで殺人を選びますかね」

再び池波が疑義を唱える。

「園児が疎ましいという人は少なからず存在しますけど、だからと言って結愛ちゃんを殺すというのは、どう考えても大袈裟《おおげさ》ですよ」

「殺すつもりがなかったとしたら、どうですか。何かの警告、何かの意思表示として結愛ちゃんに危害を加えるつもりだったのに、つい力が入り過ぎてしまった……そういう可能性も決してゼロじゃない」

「刑事さんというのは色んなことを考えるんですね、全く」

「それは先生方も同じでしょう。ひとクラスに二十人もの園児がいて、しかも全員の個性が違う。当然一人一人の接し方も違ってくるし、接し方を考えるだけでえらい手間だ。少なくともわたしには務まりそうにない」

いや、あなたはそもそもの資質が保育士や幼稚園教諭向きじゃない――舞子はそう思ったがすぐに考え直した。

古尾井のように猜疑心《さいぎしん》の強い人間は本当に幼児教育に向いていないのだろうか。一概にそうとは言い切れない。子供の個性や可能性をあてでもないこうでもないと悩むのであれば、むしろ教える側として理想的ではないのか。

翻って己には幼稚園教諭として正しい資質があるのか。

記憶力を向上させる指導方法や二十人の園児をまとめ上げる手綱は会得している。しかし、それが幼児教育に求められることかと問われれば、今は即答する勇気がない。

「結愛ちゃんのみならず園児たちの存在が疎ましい人物、ですか」

設問に興味を抱いた様子の池波が反応し、そして舞子に向き直る。

「どうかな、舞子先生。殺すとか拉致するとかじゃなくて、唯々《ただただ》邪魔だっていう人はいるんじゃないのかな」

咄嗟《とっさ》に水を向けられたが、舞子には既に思いつく何人かがいる。いや、同じ園で働く池波が思いつかないはずもないので、これは舞子に喋らせて信憑性《しんぴょうせい》を高くしようとする出来レースのようなものだ。

齢《とし》に似合わぬ老獪《ろうかい》さに舌を巻く。ここは誘いに乗ってみるのが相棒というものだろう。

「そうね。確かにそういう人に心当たりはあります」

ほう、と古尾井が身を乗り出してきた。

「どういう人物ですか、それは」

「まずここの町内会長をされている上久保《かみくぼ》という人です」

舞子は上久保が再三に亘って、園に苦情を申し立てていた経緯を告げる。町内会の総意を代表しての行動だから私心は分からないが、結愛の事件を理由に廃園を持ち掛けてきたのは無視できなかった。無論、若葉《わかば》幼稚園を廃園に追い込むために園児一人を手に掛けたというのは、いくら何でも妄想じみている。

「いや、幼稚園憎さに園児を殺害するというのは結構アリかもしれませんよ」

古尾井が真面目な反応を見せたので、話した舞子の方が意外な感に打たれた。

「自分で話しておいて何ですけど、ひどく突飛な気がします」

「ずいぶん前になりますが、ピアノの音がうるさいという理由で同じマンションの住人を殺害した者もいます。騒音というのは、当事者にしてみればそれだけ深刻な問題なんでしょう。以前、園の近隣を訊き込みして回りましたが、昼寝をする住人も少なくなかった。園児たちの上げる声嫌さに廃園を望む方もいました。決して突飛だとは思えませんね」

ここで池波が同調するように割り込んできた。

「何も上久保会長が町内会の総意を代表した可能性だけではなく、騒音に悩まされていた住民の一人が結愛ちゃんを手に掛けた……そういうことも有り得るという話ですね」

「ええ。そうなると容疑者は町内会全体に拡大されて、非常に厄介な状況が生まれるんですけどね」

古尾井は本当に厄介そうに頭を掻《か》く。

「強い動機を持った関係者がいない事件というのは、得てしてこうなる傾向がありましてね。容疑者が増えればその分鑑取りやアリバイの裏取りで時間と人員が割かれてしまう。通り魔事件が迷宮入りになりやすいのは、それが理由です」

それで、この事件も迷宮入りさせる理由にするつもりか。

「もちろん」

舞子の疑心を読み取りでもしたのか、古尾井は注釈を忘れない。

「それはあくまで前例を挙げているだけで、結愛ちゃん殺しの犯人を野放しにするつもりは毛頭ありません。今は何と言っても殺人罪の時効が撤廃されていますから、犯人は時間に逃げることができません」

「でも古尾井さん。事件が長引いて、それでも容疑者が浮かばなかったら、いずれ捜査本部も縮小されてしまうんじゃないですか」

「結構、弱気ですね。神尾先生はそんなことを仰《おつしや》らないと思っていたんですけどね」

古尾井は自尊心を傷つけられたと言わんばかりに唇を歪《ゆが》めてみせた。

「そりゃあ捜査本部は縮小するかもしれませんが、最初から本部に組み込まれていないわたしには関係のない話ですよ。さて、その町内会長以外に思い当たる人物は？」

舞子が次に思いつく人物と言えば久遠友美《くおんともみ》だ。以前より我が子を入園させようとして二年も足踏みしている。その上、結愛が死んで間もないというのに、欠員募集が掛かる前に入園させてもらえないかなどと平然と問い合わせてきた。無神経と言おうか鉄面皮と言おうか、あの執念には尋常ならざるものがある。まさかとは思うが、その禍々しい尋常でなさが別の禍々しさを想起させる。

「所謂《いわゆる》待機児童というヤツですか」

友美との悶着を聞いた古尾井は、やや呆《あき》れ気味だった。

「ニュースでたまに見聞きしていましたが、その久遠友美という母親、ずいぶん無茶を言う人物ですね。神尾先生の考えでは、友美が我が子を入園させるために結愛ちゃんを殺害したのだと？」

「そうは言ってません。ただ、結愛ちゃんを含めて在園児が目障りという点で思い浮かんだだけです」

「確かに。池波先生のご意見はどうですか」

「先の上久保会長を容疑者リストに挙げるのなら、久遠さんにも同様に資格が備わっていると思いますよ」

池波は慎重に言葉を選んでいるようだった。決めつけるのではなく、相対的に評価し順位づけしようとするのはいかにも池波らしい論法だった。

「騒音憎さに町内会長が殺人を企てるのなら、我が子を入園させるのに邪魔な園児を排除しようとする母親がいてもおかしくない。僕の言う資格充分というのはその程度の理屈なんですけどね」

「いや、池波先生。誤解しないでください。わたしは何も無理やり容疑者を仕立て上げようというんじゃありません。逆です。絞り込むために数多《あまた》ある可能性を一つずつ潰していこうとしているんです」

ひらひらと片手を振って否定する素振りを見せるが、舞子はまだ古尾井に対して十全の信頼を寄せることができない。

「町内会長に待機児童を抱えた主婦。まだありますか」

舞子の中でもう一人の人物がゆっくりと姿を現す。その名前を口に出すことは教えている園児への裏切りになるが、かと言って口に出さないのは結愛に対する裏切りになる。

やはり刑事の観察力というのは大したもので、古尾井は舞子の逡巡《しゅんじゅん》をすかさず読み取ったらしい。

「神尾先生。そのご様子では、まだ気になる人物がいるようですね」

「園児の母親で城田早紀《しろたさき》という人がいます。この人の弟さんは亡くなった火々野輝夫さんが経営する人材派遣会社のスタッフだったんですが、派遣先の牛丼チェーン店で過労死しています」

「ああ、あの裁判になった事件ですか」

古尾井はぽんと手を叩《たた》いた。

「確か二十歳の若者でしたね。遺族が〈スタッフバンク〉を業務上過失致死と安全配慮義務違反で訴えた案件だったが、何とあの裁判の被告側と原告側の血縁者が同じクラスにいたとは。軋轢《あつれき》も相当なものがあったんじゃないんですか」

問われるままに早紀と香津美の確執がどんなものであったかを説明する。古尾井は早紀についても俄然《がぜん》興味を覚えた様子で、舞子から話を引き出そうとする。

「母親同士のトラブルというのはありました」

「それが子供にまで波及したとか」

「いえ。悠真《ゆうま》くんと結愛ちゃん、子供同士の仲は悪くなかったですね」

「訴えられた火々野氏はその件で評判を落として、都知事選の立候補を断念した経緯がある。二人の母親が角突き合わすとなれば、それは修羅場でしょうな。過労死した男性の名前は吉井《よしい》高志《たかし》、でしたか。結婚して姉の苗字が変わっているので、それは捜査本部でも察知できなかったんでしょう」

「でも古尾井さん。弟さんが過労死したからといって火々野さんが殺した訳ではないんですよ。悠真くんのお母さんが火々野家に恨みを持っていたとしても、それで結愛ちゃんを殺すというのはお門違いのような気がします」

「神尾先生、犯罪の全てが理路整然としたものじゃないですよ。中には筋違いだったりお門違いだったりというものが結構あるんです」

古尾井の目はどこか物憂げだった。

「そういうかたちでしか鬱屈を吐き出せない人間もいる。いや、罪を犯す者の大半はそういうヤツらですよ」

果たしてそうだろうかと舞子は怪しむ。古尾井の指摘は犯罪捜査の最前線で働く者の実感なのだろうが、それが全てではないような気がする。

とにかく早紀の名前を出したことで、舞子はいよいよ引き返せなくなった。早紀から、そして保護者会から何を言われようと、もう後戻りはできなくなった。

「その三人から事情を伺いますが、お話を伺う限り三人全員と話しやすいのは神尾先生のようですね。申し訳ありませんがわたしに同行していただけませんか」

古尾井にしてみれば当然の申し入れだろう。これに池波も加われば安心なのだが、聴取される側にしてみれば聞き役が三人というのは威迫行為に近い。緊張して口が固くなってしまっては元も子もない。

その程度の認識は当然だったのだろう。池波は合点顔で頷《うなず》くと、どうぞ連れていけとばかりに平手を差し出した。

「ではよろしくお願いしますよ」

古尾井に非はないのだが、彼から会釈されると色々なものに背を向けたような気がしてならなかった。

上久保町内会長の家は住宅地の外れにあった。この辺り一帯は反対側の端の土地から分譲が始まったというから、上久保が古参町民の一人であることはまず間違いない。若葉幼稚園からは二ブロックほど離れているが、この距離でも園児の声は充分に届く。上久保が園から洩《も》れ出る騒音を非難するのも頷けなくもない。

住人と同様、罅割《ひびわ》れと褪色ですっかり古めかしくなった門柱には、これまた古色蒼然とした表札が掲げられている。楷書体で書かれた〈上久保三平《さんぺい》〉が老人のフルネームなのだろう。

事前に面会の申し入れをしていたこともあり、二人はすぐ応接間に通された。

「刑事さんと神尾先生のコンビというのは、また珍しい。どうした風の吹き回しかね」

上久保は面白がっているようだが、ただし目は笑っていない。瞳の奥にはねっとりとした疑心が見え隠れする。

「火々野結愛ちゃんの事件を捜査している世田谷署の古尾井といいます」

敢えて生活安全課を名乗らないのは、古尾井らしい慎重さだと思った。

「所轄署の刑事さんか。どうやら捜査はあまり進んでおらんようだな」

古尾井がすぐに反応する。ここは古尾井に任せた方がいいと、舞子は様子見を決め込む。

「どうして、そう思われます」

「捜査が進んでいるのなら、今更近所からの訊き込みもあるまい。わしに改まって何を訊くつもりかね」

「騒音問題についてです」

ひどく鹿爪らしい顔で言う。上久保といい古尾井といい、腹に一物ある男同士の会話は傍《はた》で聞いていると背中がむず痒《がゆ》くなる。

「以前、若葉幼稚園からの騒音がうるさいと何度も苦情を申し入れられたようですね」

「以前、ではなくて現在もだ」

上久保は傲然と言い放つ。

「捜査で歩き回っているのならご承知だろうが、この町内には後期高齢者がわんさかとおる。日中の騒音はそのまま健康被害になる」

「騒音憎さに、住民の一人が園児に危害を加える可能性はありますか」

「町内会長としては失礼極まりない、と言いたいところだが住民の一人としては完全否定せんよ。言いたくはないが年寄りの中には認知症の進んだ者も少なからずいる。住民を庇《かば》う気持ちはあるが一人一人の心情や行動までを管理する立場ではないからね」

「認知症を患ったお年寄りが結愛ちゃんを手に掛けたとでも？」

「わしは警察でも犯罪学者でもないから、意見は差し控える。だが、世の中には不合理な悲劇も存在する。あの子の殺された事件など、まさにそれではないかね」

不合理な悲劇と聞いて、今度は舞子が反応する。

不合理だと。

そんなひと言で結愛の死を片付けようというのか。

「わたしは不合理だとは思いません」

上久保が威圧するようにこちらを見るが、黙ってはいられない。

「彼女が殺されたことはとんでもない悲劇です。けれどそれには必ず意味があると思うんです。意味のない殺され方をしたとは考えたくありません」

「担任の立場では、そうじゃろうな。だが生憎《あいにく》とわしは第三者だから多少は無責任な物言いになる。年寄り特有のいやらしさも含めてな」

「具体的に、そうした行動に出そうな住民に心当たりはありませんか」

「はて。警察の面々がここいら一帯の住民に根掘り葉掘り訊き回っていたから、そういう危険人物が本当にいるのなら、とうに把握しているだろうに」

「下手にご近所の噂を洩らすと自分の肩身が狭くなるから、警察には口を噤《つぐ》む。古くからの住民ならそういうことも危惧するでしょう。でも町内会長の上久保さんでしたら、

お話しいただけるかと。なにぶん地域の安全確保のために近所づきあいのある人間の情報を売れと言うのか。まっこと

「地域の安全確保のために」

警察官らしいと言えば警察官らしい」

上久保は古尾井をひと睨《にら》みしてから口角を上げる。

「しかし職業人ならやむを得ない選択ではある。わしに嫌われるのを承知の上で訊いておるのだろうが、そういうプロ意識は認めよう。結論から言えば徘徊《はいかい》老人を一人知っておるが、他人に乱暴できるような体力を持ち合わせておらん。ついでに言えば若葉幼稚園の騒音に抗議している年寄り連中も、口は動くが手足の動かん者がほとんどだ。だから住民の誰かが火々野結愛ちゃんを手に掛けるというのは、なかなか想像し難《にく》いな」

そうですか、と古尾井は残念そうな顔をするが、この男はそうそう真意を顔に出す人間ではない。案の定、目の前の相手に牙を向け始めた。

「これは訊き込みをした全ての方に伺っているのですが、六月一日の午後十時から十一時までどこにいらっしゃいましたか」

狙いがあからさまな質問だったが、上久保は余裕ありげに笑っている。

「ほう、わしを容疑者扱いするつもりか。どうせ答えなければ疑いが濃くなるとでも言うのだろう」

「そういう見方をする捜査員が、中にはいるかもしれません」

「ふん。まるでどこぞの木端役人のような言い草だな。まあ、いい。その日その時間は一人で夜のニュース番組を見ていたはずだ」

「はず、というのはどういう意味ですか」

「わしも記憶力のいい方だが、三日前一週間前の記憶を探れと言われても不可能だ。しかし見ての通りの男やもめで、夜も呑《の》みに行く訳じゃないから毎晩同じことの繰り返しだ。だからその時間には、土日でない限りいつものテレビを見ているに違いない……そういう意味だよ」

「それを証明してくれる人はいますか」

「耳が悪いのか？　男やもめと言っただろう。この家に住んでいるのはわし一人きりだ。いつものようにテレビを見ていたのか、それとも五歳児に手をかけるために外出したのか、証言する者は誰もおらん」

自分は安全圏にいると信じ切っているのか、上久保は偽悪的に言う。あるいは不遜な態度の古尾井に対する当てつけなのかもしれない。

「しかし、こんな年寄りまで容疑者に数えなくてはならんとは。本当に迷宮入りになってしまうかもしれんな」

成り行きを楽しむかのような口調に、舞子は抵抗を覚える。

「結愛ちゃんを殺害した犯人が一刻でも早く検挙されることを願ってやまない。ウチの園長と話された際、上久保会長はそう言われましたよね。あれは本音ですか。それともただの社交辞令だったんですか」

「あんたも大概失礼だな。無論、本音に決まっておる。頑是《がんぜ》ない子供が理由もなく殺されていい訳がない。社会正義を振り翳《かざ》すつもりはないが、天網恢々《てんもうかいかい》疎にして漏らさずという諺《ことわざ》もある。殺された子供の冥福を祈ってやりたいし、凶悪犯を野放しにしていいはずもない」

真面目くさった物言いだが、どこまで信じていいのか舞子は判断しかねる。この事件が迷宮入りになれば、死体発見現場となった若葉幼稚園は曰《いわ》くつきの場所になる。いくら待機児童を抱えている母親も、そんな施設に我が子を入れるには躊躇《ちゅうちょ》を覚えるに違いない。そして新しい園児の入らない幼稚園はやがて潰れる。上久保なら、これくらいのことは充分計算しているはずだ。

「神尾先生はわしが気に食わない様子だな」

上久保は、まるで嫌われるのが勲章のような言い方をする。舞子が沈黙を守っていると、こちらをいたぶるように続ける。

「あんたは優秀な先生で、園児たちを上手に管理しておったらしいな。そのせいか、世の中の大抵のことも自分の才覚で御しきれると思ってやせんか」

「そんなことはありません」

「そうか。それなら、そんな勘違いをされんようにあまり悔しそうな顔を見せなさんな」

途端に顔中が熱くなった。

2

古尾井とともに向かった二軒目は城田宅だった。やはり住宅地の中にあるが、上久保宅とは離れたブロックに建っており、建物自体もまだ新しい。

時刻は午後五時過ぎ。インターフォンの前に立った舞子は、伸ばし掛けた指を途中で止める。

「本当に、悠真くんのお母さんに会うつもりですか」

「今更ですね。彼女が犯人である可能性を示唆したのは神尾先生ご自身じゃないですか」

「この時間なら家に悠真くんがいるはずです」

「ああ、そういうことですか。それなら子供は何か理由をつけて、大人同士の会話に入ってこないようにすればいい」

「気軽に言わないでください」

舞子はくるりと向き直る。

「失礼ですけど古尾井さん、お子さんはいらっしゃいますか」

「生憎、結婚もしていませんよ。それが何か」

「遠ざけておけば安心だなんて子供を知らな過ぎですよ。子供というのは親の顔色や仕草一つから雰囲気を読んじゃうんです」

「じゃあ、どうしろって言うんですか。ここのお子さんが家にいないのは幼稚園に行っている時だ。担任である神尾先生が保育中に抜けるなんてできないでしょう」

古尾井は責めるような目でこちらを睨む。

「ずたずたにされたプライドを復活させるには、三人が協力し合う。そういう約束だったはずだ」

それを言われると舞子は言い返せなくなる。共闘の話を持ち掛けてきた時から執念深い男だと思っていたが、まさかここまでなりふり構わないとは予想していなかった。

「早くしてください」

促されてインターフォンのボタンを押そうとしたその時、いきなり玄関のドアが開いて悠真と早紀が顔を覗《のぞ》かせた。

「あれっ、舞子先生どうしたの」

悠真は不思議そうに、そして早紀は少しうんざりした顔で二人を見る。

「何かご用でしょうか」

「実はお母さんにお話がありまして……どちらかにお出かけですか」

「ええ、悠真はこれから塾なんです」

「それならお送りになってからでも」

こちらの雰囲気を察したのか、早紀は迷惑そうな表情を崩さずにこう言った。

「紺野《こんの》さんちの大翔《ひろと》くんと一緒ですから、わたしが塾まで送ることはありません。悠真、大翔くんのお家行けるわよね」

悠真は浅く頷くと母親の手を離し、舞子をちらちら見ながら道路の向こう側へ走っていく。舞子は無理にでも笑うより他になかった。

「そんな風に立っていられるのをご近所に見られたくありません。早く入ってください」

早紀に促されて舞子と古尾井は家の中に足を踏み入れる。

応接間のような部屋はなく、二人はダイニングに通された。テーブルに着いてからすぐ古尾井を紹介されると、早紀は露骨に不快げな表情になる。

「やっぱり警察の人でしたか。何となくそんな風に見えました」

皮肉めいた言われ方だったが、古尾井の表情に変化はない。想像するに今まで同様のことを言われ続けて耐性ができたのだろう。

「殺された結愛ちゃんのお母さんとわたしが、日頃から衝突していた。お話というのも、きっとそれに関してなんでしょうね」

「申し訳ありません」

舞子は本題に入る前に、まず頭を下げた。謝罪は早ければ早いほどいい。

「予想していた以上に捜査が進んでいないようなんです。この古尾井さんは世田谷署の刑事さんなんですけど、改めて色んな人から話を訊きたいそうです」

「古尾井です」

名乗ってしまえば後はお構いなしとでも思っているのか、古尾井は早紀に無遠慮な視線を浴びせる。

「実の弟さんが過労死させられたという話でしたね。思い出しました。一時はニュースでも大きく取り上げられた吉井高志さんの事件。まさか城田さんのご身内だとは知りませんでした」

単刀直入と言えば聞こえはいいが、古尾井の質問には配慮も同情もない。

「お聞きする限りでは、結構火々野さんとやり合っていたそうですね」

「実家が訴訟をおこしたくらいですからね。それは同じ保護者会のお母さん同士でも許せるものじゃありません」

「火々野さんは火々野さんで、都知事選立候補がフイになった。両方とも確執は相当なものだったでしょうね」

「高志は命を奪われたのに、火々野さんが失ったのは候補者という立場だけです。比較にもなりません」

早紀は唇をきつく噛《か》み締める。

「二十四時間営業の店で、正社員への登用をエサにたった一人でこき使われて、碌《ろく》に眠ることも休むことも許されず、過労で倒れると入院先まで店に出ろなんて電話が掛かってきたそうです。入院した時、高志はがりがりにやせ細っていて、血圧も血糖値も異常だったと聞きます」

「派遣元の〈スタッフバンク〉から何か補償なり謝罪なりはあったんですか」

「謝罪なんてありませんでした。さすがに訴えられたらまずいと思ったのか見舞金みたいなものはありましたけど、両親は受け取らず訴訟に踏み切ったんです」

声の端々に無念さが滲んでいる。それだけで早紀が弟に抱いていた愛情が垣間見える気がした。

「押しが弱いのに責任感の強い子でした。みんなから押しつけられた仕事でも、きちんとやり遂げる潔さがありました。両親は高志のそういうところが自慢みたいでしたけど、わたしは逆に不安だったんです。何だか他人の苦労を全部背負ってしまうんじゃないかって」

その不安が図らずも的中してしまったのだ。

舞子に兄弟はいないが、血の繋《つな》がった者を愛《いと》しく思うのに想像力は要らない。過労死と言っても正社員への登用を目の前にぶら下げられての結果なら、会社にいびり殺されたようなものだ。早紀と両親が〈スタッフバンク〉とその代表者である火々野輝夫に殺意を覚えたとしてもむしろ当然と言える。

「さぞかし火々野社長が憎かったでしょうね」

まるで舞子の心を読んだかのように、古尾井は畳み掛ける。

「しかし火々野社長は不慮の事故で急逝してしまう。あなたたちは怒りの矛先《ほこさき》をどこに向けたらいいのか、悩みませんでしたか」

「わたしが香津美さんに辛《つら》く当たったのはそれが無関係ではありませんでした」

挑発に乗るように早紀も応じる。

「火々野さんは亡くなったと言っても、結愛ちゃんを庇っての事故死です。自己犠牲だ父親の鑑《かがみ》だと、その死を絶賛する人が引きも切りませんでした。本人だって本望だったと思います。同じ死でも高志とはえらい違いです。わたしが香津美さんに悪意を持っても、非難されることではないと思います」

早紀の怨嗟《えんさ》は言葉から推し量ることができる。

地位のある者、恵まれた者は死に様さえも祝福される。死に意味を見出され、称賛もされる。だが、そうでない者の死の多くは犬死だ。誰に何を遺せるでもなく、誇れもしない。二つの死を比較したら後者の身内は堪《たま》ったものではないだろう。

「そうした火々野さん一家への憎しみは、結愛ちゃんにも向けられたんですか」

「結愛ちゃんは別です」

慌てたように注釈が入った。

「子供に罪はありません。それに……」

「それに……？」

「いえ、何でもありません」

早紀は口を噤んだが、悠真たちを見ていた舞子には容易に後の言葉も予想がつく。息子が憎からず思っている相手に憎悪をぶつけるのは、さすがに気が引けるのだろう。

だが古尾井の考えは違うようだった。

「なるほど子供に罪はない。当然でしょう。しかしそれを言うのなら、過労で亡くなった高志さんだって罪がない」

「何が言いたいんですか」

「罪のない高志さんが殺されるのと、やはり罪のない結愛ちゃんが殺されるのは同じことだと考えられませんか」

早紀はきっと睨み据える。

「そんなことは想像もしませんでした。高志と火々野社長を比べることがあっても、それで結愛ちゃんを巻き込もうなんて」

「しかし火々野社長亡き後は、奥さんである香津美さんに怒りを向けていた訳ですよね？

ご主人を失くしたばかりの香津美さんにとって心の唯一の拠り所は忘れ形見の結愛ちゃんです。その結愛ちゃんが殺されたら、それこそ香津美さんには最大の悲劇ですし、あなたにとっては最高の復讐《ふくしゅう》になる」

「何てこと言うんですか」

早紀はもう一度古尾井を睨んでから、ついと顔をあさっての方向に逸《そ》らせた。その仕草を見て舞子は不安に駆られる。何故《なぜ》、顔を隠す必要がある。刑事に見られたらまずいような表情をしているというのか。

「いくら人を疑うのが商売でも、言っていいことと悪いことがあります。第一、何の証拠もないじゃないですか」

早紀の反応を確かめるためだろうか、古尾井は彼女の正面に回り込む。

「結愛ちゃんを殺害した犯人はえらく慎重なヤツで、逮捕に直結しそうな証拠は残してくれませんでした。情けない話、証拠がないという点では、関係者全員が同じ条件なんです」

「それ、滅茶苦茶じゃないですか」

「現状、容疑者リストから外すにはアリバイをお尋ねする以外にないんです。城田さん、六月一日の午後十時から十一時までの間の行動を説明できますか」

納得できない様子だったが、それでも早紀は記憶を巡らせているようだった。

「平日も土日もない。その時間ならいつも家族と一緒にいます。主人にでも悠真にでも聞いてください」

「同居家族以外に証明してくれる人はいませんかね」

「そんな人、いません。いる方が変じゃないですか。主婦の一日を監視している人間がいるなんて」

早紀の言い分は至極真っ当だと思った。同居家族の証言が有効とならないのは、道中古尾井から聞いていたが、裁判で証拠として採用されないだけであって全く無視するような内容ではないはずだ。

「それはその通りなんですけどね。疑わしきはとことん疑えというのが、警察官の心得みたいなものですから」

「自分の子供と同い年の娘さんを手に掛けるなんて真似、母親にできると思っているんですか」

逆に責められても、古尾井はいささかも動じる気配がない。

「お言葉を返すようですが、自分の子の同級生を殺害した母親は一人や二人じゃない。鬼子母神《きしもじん》ではありませんが、我が子以外は結局他人ですからね」

「帰ってください」

感情の表出を堪《こら》えているのが分かる声だった。

「これ以上お話しすることは何もありません」

「それじゃあ最後にもう一つだけ。こちらのお宅ではクルマをお持ちですか」

「世田谷区に住んでいれば、クルマの必要性を感じません。さあ、早く出ていってください」

半ば追い出されるように、舞子と古尾井は城田宅を退出する。今更ながら悠真が塾通いをしてくれていたのを感謝した。今のやり取りは到底子供に見せたり聞かせたりできるものではない。

「何だか容疑者を減らすというより、ただ怒らせているように見えますね」

警察の捜査にケチをつけるつもりはない。元より舞子は、「餅は餅屋」という信条を持っているので、専門家の仕事に口出ししようとは毛頭思わない。しかし古尾井のやり方を肯定するのは困難だった。

「まさか相手を怒らせれば本音を引き出せると思っているんですか」

「容疑者全員がそうだとは限りませんが、我々が普通に使う技法ではありますね」

古尾井は恬《てん》として恥じるところがない。この態度にも舞子は納得できなかった。

「母親の持つ感情を、容疑者一般のそれと同じに考えない方がいいと思います」

「神尾先生こそ人を殺したヤツを特別視しない方がいい」

古尾井の口調にはかすかな嘲りが聞き取れた。

「結愛ちゃんを殺した犯人は決して血に餓えた享楽殺人者でもなければ、幼女趣味の異常者でもない。それは犯行態様と遺体の有様が物語っている」

「最後にクルマを所有しているかどうかを訊いていましたよね。あの質問はどういう意図があったんですか」

監禁場所ですよ、と古尾井は事もなげに言う。

「塾が終わるのが午後七時、殺害されたのが早くて十時。つまり三時間のタイムラグが存在しています。つまりその三時間はどこかに結愛ちゃんを監禁していたと考えるのが自然でしょう。他に家族のいない上久保会長のような人ならともかく、同居家族のいる城田さんの場合は自宅以外の監禁場所が必要になってくる。その点、自家用車というのは簡便な監禁場所になり得るんですよ」


久遠友美の家は幼稚園に隣接した住宅地からひどく離れた場所にあった。

世田谷区は九〇年代までは二十三区最大の広さを誇っており、エリア毎で街の雰囲気はずいぶんと異なる。戦後急速に発展した地域であるため、古くからの都民には世田谷区＝田舎というイメージを持つ者も少なくない。区の最北には昔ながらの商店街も残存し、中心地のオフィス街と同じ区内とは到底思えない。そして久遠家のあるのが、ちょうどそういった住宅地の一つだった。

久遠宅とその周辺の建物には、未だ昭和の残滓《ざんし》が漂っていた。一部トタンで覆われた屋根と黄色く褪色した窓ガラス。世田谷区内にまさかと思うが、住宅の裏には小さな畑まで見える。

「都内でこういう風景は珍しいですか」

横にいた古尾井がこちらを覗き込んで言う。

「以前、赴任していた幼稚園が僻地にあって……こういう家が普通だったから、懐かしいくらい」

「物置まである。趣味の家庭菜園じゃない。昔は農作業で生計を立てていたんでしょうね」

門柱にはインターフォンではなくチャイムがあった。二度鳴らすと、引き戸を開けて友美が顔を覗かせた。

「ようこそ、神尾先生。お待ちしていました」

訪問の約束を取り付ける際、古尾井の助言もあって目的は曖昧《あいまい》にしていた。案の定、友美は我が子の入園手続きの件と勘違いしたらしく、表情は期待に輝いていた。付き纏《まと》われていた時には迷惑でしかなかったが、騙《だま》しているとなると罪悪感が湧いた。

「そちらも若葉幼稚園の関係者さんですか」

初めまして、と古尾井は身分を明かさずに名前だけ名乗る。

「ご夫婦と息子さんの三人家族だそうで」

「ええ、主人は勤めに出ていて今はわたしと将也《まさや》だけです」

「奥さんはパート勤めとお聞きしましたが」

「ええ、いつもお隣に子供を預けて。でも、今日は先生が来られるというのでパートはシフトを入れ替えてもらいました」

舞子の胸がまたちくりと痛む。だが古尾井は構わず質問を続ける。

「ご主人が会社勤めで奥さんが育児しながらのパートでは、なかなか畑仕事も捗《はかど》らんでしょう」

「いえ、これは元々亡くなった義父が耕していた畑で、わたしも見よう見真似でやっているだけで」

「それにしては立派な物置じゃないですか。中を拝見してもよろしいですか」

「どうぞどうぞ」

友美に戸を開けてもらい、古尾井は物置の中に入る。道具がひと揃《そろ》いあるとかどうとか差し障りのないことを喋《しゃべ》ってから外に出た。

「ネズミ駆除の薬品もありました。よく出るんですか」

「ええ。わずかな作物を狙って……あの、それじゃあ、そろそろ将也の入園手続きの話を」

「そうでしたね。では家の中で。ご近所に聞かれては都合の悪いこともありますから」

古尾井の言葉を勝手に解釈したらしく、友美の顔に笑顔が戻る。舞子はますます罪悪感に苛《さいな》まれ、古尾井に小声で話し掛けた。

「よくもそれだけ一般主婦を騙せますね。生活安全課というのは、そういう手管を教えるんですか」

「あのね、神尾先生。誤解しているみたいだから言っておくけど、生活安全課ってのは確かに手続き関連の部署だけど、銃砲の取り締まりなんかもしてるんですよ」

古尾井は唇だけで笑ってみせる。銃砲取り締まりということは、時には暴力団も相手にしているのだろうか。

家の中は友美が先導したが、何故か古尾井は遅れがちだった。二人の後につきながらキッチンや脱衣所に足を踏み入れ、見咎《みとが》められて元に戻るのを繰り返す。

居間では友美によく似た男の子が緊張の面持ちで座っていた。ここから先は子供の前で話す内容ではない。大人同士の話だからと、舞子が別室に追い出した。

「……入園手続きの話じゃないんですか」

さすがに察したらしく、友美の声が変わった。何度か耳にした野卑で粘り気を感じさせる声だった。

「手続き云々の前に、まずお母さんの真意から確認したいと思いましてね」

どうやら古尾井は芝居を続けるつもりらしい。

「わたしの真意って」

「先刻の話では、久遠さんがパートに出ている間、息子さんを隣に預けている。どうせ就学年齢まであと一年ちょっとでしょうし、預かってもらう代償も金銭ではないのでしょう。仕事も子育てにも然《さ》したる支障はないように思えますが、どうして若葉幼稚園の入園に拘《こだわ》るんですか」

「それは……やっぱり将也にも同い年の友だちが必要ですから」

「友だちなんて小学校に入ったら嫌でもできますよ」

「就学前に必要な能力を必要な分だけ習得させたいんです。これは、そこにいる神尾先生の言葉でもあります」

何もこんな時に蒸し返さなくてもよさそうなものだろうに——舞子は思わず舌打ちしそうになる。

「そういう能力の習得だけなら、今は時間制の塾なんてのもあって、園に預けっぱなしよりは金額も手間も掛からないと聞いています。久遠さん、どこか無理をしていませんか」

「将也は園に入れないといけないんです」

まるで何かに取り憑《つ》かれたような口調だった。

「塾とかじゃなくて、ちゃんとした保育園や幼稚園でなきゃ駄目なんです」

「どうしてですか」

「ママ友や、親戚の家はほとんど子供を園に通わせているからです」

真面目に答えているのかと、舞子はその目を覗き込む。冗談を言っている目ではない。追い詰められ、攻撃的になっている小動物の目だ。

「審査には色々な条件というか障壁があって、入園できた子とそうでない子には格差がつくんです。将也だけがずっと待機児童で、どれだけわたしの肩身が狭いか。子供を保育施設に預けられない母親は負け組なんです」

「負け組、ねえ」

古尾井は半ば呆れ顔で友美を眺め、次いで説明を求めるように舞子を見る。おそらく彼には友美の切羽詰まった心理は全く理解できないのだろう。

だが待機児童の問題と向き合い続けている舞子には、理解可能の部分も存在する。友美は多少極端だとしても、保育制度のネットからこぼれ落ちた母子の焦燥と口惜しさは想像するに余りある。

「久遠さんがパートに出掛けている時間帯は何時から何時までですか」

「日によってシフトが違うので固定されていません」

「六月一日のシフトは分かりますか」

「スマホに入っているスケジュールを確認すれば分かりますけど……どうして六月一日なんですか」

舞子はこの辺が潮時だと思ったが、古尾井はまだ粘るつもりらしい。友美がスマホを取り出して操作するのをじっと見守っている。

「訳はすぐに教えますから。さあ」

「はい……あ、六月一日は遅番になっていて夕方六時から十時までの間です」

「十時半とか十一時とか……あの、これって将也の入園手続きに必要なことなんですか」

これが限界と見たのか、ようやく古尾井は懐から警察手帳を取り出した。

友美の顔色が一変した。

「申し遅れました。世田谷署の古尾井といいます」

「騙したのね」

「騙したつもりはありません。あなたが最初から勘違いをしていただけです」

「どうしてわたしのアリバイを確認したんですか。まさかわたしを疑っているんですか」

「こうしてお会いする方全員に同じことを訊いているんですけどね。ただ久遠さんには他の関係者にはない動機が存在しています。それを本人の口から聞けたことは幸運でしたね」

「卑劣です」

「ええ。わずか五歳の女の子を殺す外道《げどう》を逮捕できるのなら、卑劣でも何でもいいと思っています」

「わたしは関係ありません」

「結愛ちゃんが亡くなった直後、園児受け入れの募集があるかどうか問い合わせをしてきたのは、あなた一人だけだ。関係なくはないでしょう」

「帰ってくださいっ」

「退去を命じられたのならしょうがない。そうしましょう」

「神尾先生もグルだったんですね」

友美は舞子にも凶暴な視線を投げて寄越す。罪悪感と嫌悪感が奇妙に入り混じり、舞子は珍しく返事に窮する。

「ああ、あんまり神尾先生を責めないでくださいよ。捜査協力を願い出たのはわたしですからね」

古尾井はそれだけ言うと、何の未練もない様子で居間から出ていく。舞子は一礼だけしてその後を追うのが精一杯だった。

「子供可愛《かわい》さだと思ってたんだが、まさか自分可愛さだったとはね」

久遠家の玄関を出てから、古尾井は吐き捨てるように言った。

「それだけが理由じゃないと思います。待機児童は家族にとって深刻な問題ですから」

「被害者意識も度を過ぎれば加害者の理屈に転化する。あれは、その典型ですね。神尾先生だって彼女の毒気に当てられたんでしょう」

否定できなかったが、かといって全面的に肯定するのも気が引けた。

「クルマの有無を訊かなかったのは、あの物置があったからですか」

「鋭いですね。その通りですよ。抵抗できない状況にすれば、子供一人を押し込めておくにはちょうどいい広さです」

古尾井は久遠家宅の敷地から出ると、携帯端末を取り出した。

「菅田《すがた》か。今、久遠友美の家を出たところだ。悪いが来てくれ。監視の必要が出てきた……了解した。待っている」

少なからず驚いた舞子は、古尾井が電話を終えるのを待って問い掛ける。

「監視っていったい」

「そんなに切羽詰まった話じゃありません。ただ証拠隠滅が怖いだけなんですよ」

3

久遠家を訪問した翌日、舞子のスマートフォンに古尾井から素っ気ない電話が入った。

『今朝、久遠友美が任意出頭に応じましたよ』

捜査本部で得られた情報は開示するという約束だから渋々教えた——そんな口ぶりだった。

驚いた舞子が詳細を尋ねようとする前に電話は切れた。『ぎりぎり内規に抵触しない限り』というのはこの程度なのだろうが、あまりにいきなりの話で合点も納得もいかない。

納得いかないのは池波も同じらしく、舞子から話を聞くなり指で机を叩き始めた。

「簡潔明瞭は嫌いじゃないけど、これはちょっといただけないなあ」

そして言い終わらぬうちに席を立つ。

「舞子先生、この後予定ないよね」

「ないけど」

「こんな調子じゃ待っていても埒《らち》が明かない。こちらから出向くまでだ。どうせ電話したって教えちゃくれないだろうから、出向いて古尾井さんから直接訊き出す」

以前古尾井に聞いたところ、警視庁の検挙率は四割だという。つまりよほど強い嫌疑がない限り、任意で事情聴取することはない。友美に任意同行を求めたというのは、彼女に対する嫌疑が固まったことを意味する。

傍目には野次馬根性に映るかもしれないが、結愛を殺害した容疑者が現れたのだ。担任だった舞子、殺害された責任の一端を問われた池波としてはただ指を咥《くわ》えて見ているだけでは済まない。

舞子は無言で池波の後に従った。

捜査本部が設置された世田谷署に赴くと、ちょうど古尾井は取り調べの最中だという。

「一時間ほどお待ちいただかなくてはいけませんよ」

応対に出た菅田は諦めて早く帰れと言わんばかりの態度だった。どうやら古尾井と舞子たちの間で交わされた密約は、彼にも洩れていないらしい。

「待ちますよ」

舞子がそう言うと、菅田は勝手にしろというように肩を竦《すく》めてみせた。

案外、取り調べというのは規定通りに守られているらしく、一時間経つと予定通り古尾井が応接室に顔を見せた。

「やっぱり来てしまいましたか」

人を食った言い方に、まず舞子が反応する。

「三人の自宅を回った直後の任意出頭ですよね。同行したわたしにもう少し詳しい話をしてくれてもバチは当たらないと思いますけど」

古尾井は周りに人の気配がないことを確認する。

「失礼。先生たちにバチが当たらなくても、わたしへの風当たりがきびしくなるもので」

「でも、久遠さんを任意同行したことで評価されるんじゃないんですか」

「まだ一部犯人と特定できていないところがありましてね。それに捜査本部に含まれていないわたしがしゃしゃり出たことが、どうにもよろしくない」

どこか自虐的な言い方だった。

「警察にも、そういう面があるんですか」

「警察だから、ですよ。帳場を立てたら捜査本部の長には責任とともに面子《メンツ》もかかってくる。事もあろうに所轄署の、しかも生活安全課の捜査員が、自分が指示を出した捜査員を出し抜いたんですから。風当たりは察してください」

情けなさそうな言葉だが、表情にはしてやったりという優越感が垣間見える。古尾井にしてみれば痛し痒しといったところか。

「でも、取り調べはちゃんと古尾井さんが担当しているじゃないですか」

「そりゃあ本人に直接コンタクトを取った人間ですからね。久遠友美の詳細情報を知っている者を無視することはできませんよ。その代わり捜査本部の紐《ひも》つきですが」

「一部犯人と特定できないって言いましたよね。それはどういう意味でしょうか」

「一部自白、一部否認ですよ。よくあることです。聴取する側だって、少しずつ牙城を崩そうとしてますから」

ひょっとしたら、と池波が割り込んできた。

「まだ結愛ちゃんの殺害だけは自白していないんですか」

「それもよくあることです。どれだけ攻められても、最後の一点だけは死守しようとする。ま、後から思えば悪足掻《わるあが》きに過ぎませんが」

「じゃあ久遠さんは何について自供したんですか」

「池の金魚やメダカに始まる、一連の動物殺しですよ」

古尾井は矢庭に声を抑えた。

「言わずもがな他言無用ですよ。この情報が外に洩れた瞬間、わたしは先生たちがネタ元と判断して協定は解除します」

古尾井によれば、友美を追い詰めたのはこういう経緯だったらしい。

久遠宅の物置を覗いた古尾井がそこで最初に嗅ぎつけたのは血の臭いだった。

もちろんこれはただの比喩だが、棚に置かれた様々な農機具や工具には殺傷能力充分なものが少なくなかったのだ。

舞子にも告げた通り、生活安全課は銃砲取締の管轄部署でもある。当然のことながら古尾井もヤクザやら半グレやらの自宅を何度も捜索した。習い性になり、家屋の中に入った瞬間獲物を探す目に変わる。

視界の隅に捉えたのは古びた斧《おの》と殺鼠剤《さっそざい》だ。友美本人に確認すると作物を狙ってネズミが出没するというから、その駆除のために買い求めたものだろう。

ネズミの出没する場所には決まってヘビも現れる。言い換えれば、ここらでヘビを捕獲するのは比較的容易ということだ。

古尾井の視線は古びた斧にも注がれる。柄は細く、刃渡りもさほど長くない。これなら女の手でも扱いやすい。ニワトリやアヒルの首を刎《は》ねるのにうってつけだ。

更に地面に注意を払うと、土の上に焦げ茶色の小石のようなものが落ちている。古尾井は素早く摘《つま》み上げてポケットに押し込んだ。一瞬見ただけだが、キャットフードの欠片《かけら》のようだった。ところが家の中に入ったところ、猫を飼っている気配はどこにも見当たらない。

待機児童について友美が感情的に語った内容で火々野結愛殺害の動機も揃い、心証は一段とグレーに傾いた。話を聞けば聞くほど、友美が小動物の連続虐待と結愛殺しの犯人に思えてくる。

決定的だったのは、世田谷署に戻ってから件《くだん》の欠片を鑑識に回したことだ。鑑識の簡易鑑定で焦げ茶色の欠片はマタタビの固体だった。最近のキャットフードにはマタタビを成分とするものがあるが、これはその中でももっとも含有量の高い製品ということだった。

マタタビは猫の中枢神経に作用することでよく知られている。性的興奮や躁的運動など個体によって反応はさまざまだが、共通しているのは多量に摂取した直後に始まる二十分から三十分の昏睡状態だろう。鑑識の話では、これだけの純度なら大抵の猫を眠らせることができるらしい。

友美に対する心証はグレーからクロへと昇格、古尾井は器物損壊と動物愛護管理法違反の容疑で友美に任意出頭を求める。この際、古尾井は捜査本部に久遠宅に訪問し状況証拠を確認した旨を報告する。本部の責任者である管理官は渋い顔をしながらも友美の取り調べを事後承諾、それと同時に証拠保全の目的で捜査員数名を久遠宅に差し向けた。

当初、任意出頭を求められると友美は拒否反応を示したものの、家の前に捜査員が駆けつけると証拠隠滅の機会を逃したとでも思ったのか、やがて任意出頭に応じたという経緯だ。

取り調べは本日午前九時から始まった。まず古尾井は若葉幼稚園で連続した小動物の殺戮《さつりく》から話を切り出した。

「先日、お宅に伺った際、脱衣所に洗濯機が置いてありました。洗濯はいつもあなたの仕事ですか」

「当然です。日中は主人がいませんから」

「では洗濯機の傍らにあった漂白剤も、もっぱらあなたが使っていた」

「そう……です」

「あの漂白剤を若葉幼稚園の池に投げ入れましたか」

「そんなこと、していません」

「しかし簡易鑑定した結果、池から採取された塩素系漂白剤と脱衣所にあった漂白剤と成分が一致したんですよ」

「漂白剤なんてスーパーにもドラッグストアにも沢山置いてあるじゃないですか。偶然同じメーカーだっただけです」

「久遠さんの敷地内にはよくネズミが出るということでしたが、そのネズミを狙ってアオダイショウなどのヘビもやってくるんでしょうな」

「……一、二度目にしたことはあります」

「見つけたヘビ、ちゃんと捕まえて駆除しましたか」

「見るだけで気持ち悪いです。駆除なんて」

必死の面持ちで弁明し続ける友美を見て、古尾井は攻めどころを変えてみた。

「あの物置、失礼ですがあまり手入れをされていないようですね」

「家庭菜園で多少園芸道具を使うだけですから」

「物置の地べた、一度も掃き掃除していないでしょう。土埃や色んな薬剤、獣毛、人毛、鑑識に採取させたら山ほどサンプルが取れたそうです」

ぴくり、と友美の肩が上下した。

「サンプルの中には、爬虫類《はちゅうるい》の血液とヘビのものと思《おぼ》しき鱗《うろこ》が検出されました。どうやら種類はアオダイショウのようです」

「アオダイショウこそ、そこら中にいるじゃないですか。それだけのことで、わたしが幼稚園の中にヘビの死骸を投げ込んだと決めつけるんですか」

「別に決めつけてやしません。ただ一致する点が多いと思っているだけです。ああ、そうそう。一致と言えば、あの小ぶりな斧もそうでした。久遠さん、あの斧は何に使用するんですか」

「あれは亡くなった義父の持ち物で……太くなった枝の剪定とかに使っていましたけど、園芸では特に……」

「じゃあ、あなたはあまり使わないんですか」

「使った記憶はありません」

「そうですか。これも鑑識からの報告ですが、斧の刃からは動物の血液反応が検出されたそうです。ご存じでしたか。ルミノール反応といいましてね、一度付着した血液は洗ったくらいじゃなかなか落とせない。しかもこのルミノール反応というのは新しい血痕よりは古い血痕に強く反応するものでしてね。その血液がたとえばアヒルのものだった場合、一致点は更に一つ増えます。ああ、それから」

古尾井は友美の反論を待たずに畳み掛ける。相手に息継ぎさせる間も与えずに追い込むのが、古尾井の常套《じようとう》手段だった。

「猫の件もありましたね。やはりあの物置からは他にマタタビ入りのキャットフードが採取されていません。ところがあなたの家では猫を飼っていないようだ。どうして物置にそんなものが転がっていたか、久遠さん説明してくれませんか」

友美は俯《うつむ》いて黙り込んでしまった。口を閉ざし、ただ肩を小刻みに震わせている。

あとひと息だ。あとひと息でこの女は落ちる。

「ほら、幼稚園のフェンスに吊り下げられた黒猫を憶えていますか。奇遇なことに物置からは、やはり似たような黒い獣毛が採取されています。ＤＮＡ鑑定は何もヒトだけに限定されているものじゃない。フェンスに吊り下げられていた猫と落ちていた獣毛が一致したら、あなたはどんな言い訳をするんですか。殺された黒猫が、今度も偶然物置に忍び込んだとでも言い張るつもりですかあっ」

古尾井は勢いに任せて机を叩く。音に怯《おび》えたらしく、友美はひっと短く叫んだ。

「厳密な鑑定をすれば状況証拠だけでなく、物的証拠も揃います。そうなれば、もうあなたに逃げ道はなくなる。少しでも嘘《うそ》を吐《つ》けば偽証だ。正当化しようとすればするほど心証は黒くなる」

顔を近づけると、友美は追い詰められた小動物のような目になっていた。

「久遠さん。ここらがあなたの我慢の限界だ。もう洗いざらい吐いちまった方がいい。

今自白するのなら、この先裁判になっても心証は悪くならずに済む」

一段落とした説得口調は、尋問相手に与える唯一の退路だ。そして友美は案の定、その退路に逃げ込んだ。

若葉幼稚園における一連の事件を自白し出したのはその直後からだった。

「刑事さんが指摘したことは、全部当たっています」

「池の魚も、ヘビも、アヒルも、そして黒猫も全てあなたの仕業なんですね。動機はやっぱり若葉幼稚園に対する嫌がらせですか」

「嫌がらせというか……うちの子は二年続けて入園試験に落ちて、もう後がなかったんです。二年も続くと来年も落ちるんじゃないかって……だから若葉幼稚園に危ない噂《うわさ》を流してやれば、園児の何人かが退園してくれるんじゃないかと期待したんです」

「風評被害を狙ったんですね」

「その通りです」

「しかし実際には誰一人として退園する園児は現れなかった。それで万策尽きて、とうとう園児の一人を抹殺しようとしたんですね」

途端に友美の顔色が変わった。

「わたし、火々野結愛ちゃんの件は無関係ですっ」

刀折れ矢が尽きたように意気消沈していた友美が猛然と食ってかかる。

「そりゃあ、園児が一人いなくなればいいとは思ってました。でもそんな、殺すなんて想像もしませんでした」

「あの物置は何かを隠しておくにはうってつけの場所だ。あなたは結愛ちゃんが夕方は塾に通っているのを知り、彼女を拉致した上で物置に隠した。そうすれば家族の目を盗んだ隙に殺害することができるからな」

「嘘です」

「物置から結愛ちゃんの毛髪なり体液が採取されても、まだそんな弁明ができますか。あなたは物置で結愛ちゃんを殺害すると、背負うか何かで運ぶかして、結愛ちゃんの死体を幼稚園の正門前に放置した。若葉幼稚園の評判を落とすのに最も効果的だからだ。園の評判が落ちれば落ちるほど園児は抜け、その分あなたの息子が入園できる確率は高くなるからな」

「違います、違います。わたし、絶対そんなことしていません」

　友美の抵抗はそれからも延々と続いた。古尾井が脅してもすかしても彼女は結愛殺しには潔白だという主張を変えようとしなかった。

　普通、取り調べは複数の捜査官による交代制だ。話す相手が変われば被疑者の態度が軟化することもあるだろうし、何より聴取する側の体力が温存できる。非情な言い方になるが取り調べは捜査員と被疑者の根競べであり、先に心が折れた方の負けだ。

だが古尾井との対決では、友美は遂に膝を屈しなかった。二番手は警視庁の刑事が担当するが、古尾井にはそれで友美が陥落するとは到底思えなかった。

「それって一番肝心なことを自供していないじゃないですか」

話を聞き終えた池波は、あからさまに不満そうだった。

「自供どころか、こと結愛ちゃんの殺害については潔白のにおいがぷんぷんします」

「しかし久遠友美には方法とチャンスと動機がある。六月一日、彼女のシフトは午後六時から午後十時までだった。ところが彼女の勤務先に確認したところ、その日は遅刻して午後七時十分の入り。そして終業がシフト通りの午後十時。いささか早足だが、午後七時に塾から出た結愛ちゃんを拉致し、仕事の終わった十時に物置で殺害、そのまま幼稚園まで運べば犯行は成立する」

「しかし家族の証言があるでしょう」

「久遠友美の夫の帰宅は十一時半。友美が外出している時間帯は息子の将也が隣に預けられているだけだ。彼女のアリバイは成立しない」

舞子は古尾井の言葉に違和感を覚えた。

古尾井の言う通り事が運べば、確かに友美に犯行は可能だろう。結愛の死亡推定時刻と照らし合わせても齟齬《そご》はない。ただしよほど綿密に計画し、分刻みのタイムスケジュールに従って行動しなければならず、たとえ夜中であっても誰にも目撃されないという難度の高さを要求される。

だが、そんな芸当があの友美に可能なのだろうか。

疑義を差し挟もうとしたその時、ドアを開けて菅田が顔を覗かせた。

「古尾井さんに来客です」

またかという顔で古尾井は向き直る。

「今、取り込み中だ」

「そういう理由があまり通用しない相手です。火々野夫人が弟を従えて乗り込んできました」

「何だってまた」

「容疑者が捕まったらしいから会わせろと」

「どこからそんな情報が洩れた」

古尾井は叫ぶなり舞子と池波を睨んだ。無論、身に覚えがないので二人は首を横に振るだけだ。

「その二人じゃありませんよ」

菅田はいかにもうんざりとした口ぶりだった。

「亡くなった火々野社長は都知事選に立候補するくらい顔と名前の知られた人です。警察官僚の中にも知人は少なくなかった。社長亡き後は奥さんが全ての権利を相続していますからね」

「……そういうことか」

古尾井は合点した様子で唇を歪める。いかに自分たちが情報漏洩《ろうえい》を防ごうとしても、組織の上部が権力に阿《おもね》れば何の意味もない。

「会うのは仕方ないとしても後にしてくれ。まだ取り調べの最中で、おまけに接客中だ」

「いや、それが」

萱田の言葉は最後まで続かなかった。彼のすぐ後ろから香津美の声が被《かぶ》さったからだ。

「その人に会わせてくださいっ」

見知った香津美からはちょっと想像のつかないような金切り声だった。

「その人が本当に結愛を殺したのなら、どんな気持ちで、どんな風に殺《あや》めたのかを直接訊きたいんです」

細身のどこにそんな力があったのか、香津美は萱田の身体《からだ》を押し退けて部屋の中に入ってきた。舞子と池波には目もくれず、古尾井を注視している。

もはや尋常な目とは言い難い。熱に浮かされたような、どこか危うい光を放っている。

「姉さん、やめなって」

香津美を背後から引き留める手があった。見れば公次《こうじ》が懸命な面持ちで姉を制止しようとしている。そして舞子たちと目が合った途端に、ひどく気まずそうな顔に変わった。

「ご迷惑かけてすみません。止めたんですけど、どうしても言うことを聞かなくって」

「公ちゃんは引っ込んでいて。これは火々野家の問題なんだから」

「そりゃそうだけど……」

公次は一瞬言いよどむが、それでも姉の身体を離そうとしない。舞子は公次に同情の念を禁じ得ない。いくら殺された娘に関わる問題とは言え、なりふり構わず警察署に乗り込んでくる姉を説得するのにどれだけ言葉を尽くしたか想像に難くない。半ば錯乱状態の姉を取り押さえている姿は、香津美の哀《かな》しさも理解できるので二重に辛いものがある。

「だけど姉さん。ひどいことを言うようだけど、火々野家は実質姉さん一人きりだ」

「そんな」

「だったら二人きりの姉弟《きょうだい》の俺が止める権利くらいあると思わないか」

「だけど、わたしは犯人にひと言だけでも言いたくて」

「それならいずれ裁判が始まった時に、そういう機会が与えられる。第一、現段階じゃ容疑者というだけでまだ犯人と決まった訳じゃない」

「だけど……だけど……」

公次は力ずくで香津美を自分の方に向けさせた。

「本当に結愛を殺した犯人だったら、俺だって憎いよ。そいつも同じように絞め殺してやりたい。けどね、姉さん。それは俺や姉さんの仕事じゃない。警察と検察と、そして裁判所の仕事だ。いくら母親でも、どれだけ輝夫さんから財産を相続していようが、姉さんにできることは何もない」

時として冷徹な言葉は、燃え上がる感情を冷ますことができる。公次の説得を聞いていた香津美は次第に萎《しお》れるように俯き加減になっていく。

「……何も、できないの？」

「少なくとも今は結愛の冥福を祈るだけだ。大き過ぎる憎しみは、自分の心を蝕《むしば》む。犯人を憎んで精神を病むよりは、結愛の魂が安らぐことを考えていた方がずっとマシだろ」

「……そうね」

消え入るような声でそれだけ呟《つぶや》くと、香津美は力なくその場に腰を下ろす。見かねた舞子が肩を貸して近くの椅子に座らせた。

「落ち着いたか、姉さん」

香津美は声を出すのも億劫《おっくう》になったのか、無言で頷くだけだった。それでも怒り狂って取調室に乱入するよりは数段いいと思えた。

「皆さん、どうか勘弁してやってください。普段はこんな醜態を晒《さら》す姉ではないんですが、輝夫さんが死んでからは結愛一人だけが心の拠り所だったんです。その結愛があんなことになってしまってからは、姉は人が変わったようになってしまって……」

「お気遣いなさらずに。ご遺族というのは大なり小なり、そうなる傾向にあります」

「刑事さん。姉には色々と偉そうなことを言いましたが、叔父としては俺も関心があります。いったい犯人は結愛の殺害を全面自供したんですか」

「まだ取り調べの最中ですし、被害者遺族の方であっても詳細はお伝えしかねます」

　ふう、と公次が吐いた小さな溜息《ためいき》は落胆とも安堵《あんど》とも取れた。

「ただし全面自供であれば、もっと早くに終了してますよ」

「そうですか、有難うございます。それで、刑事さんの心証はどうなんですか」

「限りなくクロですよ。真っ黒です」

「それならなるべく早く終わらせてください。それが姉にとって一番の鎮痛剤になります」

「心得ました」

　それではと一礼し、公次は香津美を立たせて部屋から出ていった。

「だから子供が殺されるのは嫌なんだ」

　古尾井は誰に言うともなく洩らす。

「もちろん大人が殺されたって悲しむ者はいるし、悔しがるヤツもいる。だが子供が殺されると、それに無念さが加わる。これからの人生で得るはずだったものを、全部奪われるんだからな」

舞子は思わず頷いていた。

舞子はまだ近しい肉親を失ったことがない。失うとしても年長である両親が先だろう。それでも幼稚園教諭という仕事柄、この世に生を享《う》けてからわずか五年の生命が無慈悲に奪われるのがいかに不条理なのかは知っている。そして子供の命を奪うのは、大抵が理不尽な理由からだ。

改めて結愛を殺した犯人への憎しみが募った。

それで池波の方に向き直った。

「わたし、ちょっと思いついたことがあるんですけど」

「きっと、僕と同じことだろうな」

4

結局、久遠友美の事情聴取はわずか二日で終了した。

若葉幼稚園における小動物の連続虐待事件は友美が全面的に自供したため即日逮捕されたが、罪状は器物損壊と動物愛護管理法違反、強いて重ねるとしても威力業務妨害で刑罰は三年以下の懲役か五十万円以下の罰金、友美の場合は初犯だから執行猶予がつく可能性も高い。警察も送検するにはしたが、略式起訴になるだろうというのが大方の見解だった。

肝心の結愛殺しについて、遂に友美はひと言も語らなかった。捜査本部は取り調べに五人もの捜査員を投入したが、友美の心をへし折り唇を開かせる者は一人としていなかった。

逮捕できたのはあくまで微罪の方で、本丸の殺人罪についてはまるで為《な》す術《すべ》がない。物置から結愛の毛髪や体液の類いは採取できなかった。捜査本部はどこか別の場所に結愛を監禁したのだろうと推測したが、自宅とパート先を行き来するだけの友美に、トランクルームを借りる余裕など考え難かった。

いくら状況証拠が揃っていても、物的証拠が皆無では話にならない。結愛殺しは世間からの注目を浴びている重大事件だ。早期解決が主眼だが、誤認逮捕などという事態は絶対に避けなければカウンターショックになりかねない。四十八時間の拘束期限が切れてそれ以上の追及もできず、既に自白している事件については証拠隠滅の惧《おそ》れもない。捜査本部は友美を勾留し続ける理由を失った。

かくして友美は世田谷署から釈放された。これから裁判を待つ身なので自由を謳歌するという訳にはいかないが、少なくとも留置場より広い場所を出歩ける。だが捜査本部が友美をそのまま放置しておくはずもなく、彼女には二十四時間体制で監視がつけられた。ところが友美は家から一歩も出なくなり、また鑑識から新しい報告がもたらされることもなかった。

捜査は暗礁に乗り上げた。

舞子が策略を思いついたのは、ちょうどそんな時だった。

『突然の私信、恐れ入ります。そちらのアドレスが不明であったため、時代遅れとも思いましたがどうせあなたはこの手紙をすぐに破棄するでしょうから同じことですよね。

六月一日の夜のことをご記憶でしょうか。わたしはまだまざまざと憶えています。自分の受け持ちの園児が無残に殺された日なのですから、おそらく一生忘れることはないでしょう。それに、とても嫌な光景を目にしましたから。

あなたが幼稚園の正門前に、結愛ちゃんの死体を置き去りにする光景でした。

あの時わたしは同僚の先生と町内を巡回していたのですが、小用で一瞬だけ持ち場を離れたのです。そして目撃してしまいました。

何度かそのことを警察に告げようと思いましたけど、ちょっと思案しています。

幼稚園教師というのは思いのほか給料が安くて、都会で暮らしていくには何かと不便なことが多いのです。

わたしの不便とあなたの秘密を等価交換できませんでしょうか？

十六日の午後十一時、若葉幼稚園の正門前でお待ちしています。あなたが来なかった場合は交渉決裂と判断します。

神尾舞子』

我ながら胡散臭《うさんくさ》い文章だと思ったが、結愛を殺害した犯人が読めばまた違った印象になるはずだ。恐喝はされる側にしてみれば九割の絶望と一割の希望でできている。その一割に目が眩《くら》んでくれれば、他のことは見えなくなる。

物的証拠がないから追及も送検もできないと古尾井は嘆いた。それならエサを撒《ま》いておびき寄せればいい――咄嗟の思いつきだったが、考えれば考えるほど、これ以外の方法はないように思えてきた。

危険は当然感じている。脅迫される者はする者に対して常に殺意を抱くものだ。だから面会の場所を幼稚園の正門前にした。元よりあの場所は見通しがよく死角にもならない。通りに面しているから身を隠す場所もなく、その点は安心できる。

そして約束の日の午後十一時十分前、舞子は正門前に立っていた。

日中の陽射《ひざ》しの残滓がアスファルトから立ち上る。昼間のニュースでは今日から寝苦しい夜が続くらしい。

だが舞子は汗一つ掻かずにいた。熱気が立ち込めているのに、背筋がひやりとする。

いくら見通しのいい場所といっても、これから会うのは幼女を手に掛けた殺人者だ。それを思うと、自然に指先が冷たくなる。

午後十一時五分前、舞子は後悔し始めていた。結愛の敵《かたき》を取るためとは言え、何故自分はこんな危険な賭けに出たのだろうか。慎重で、石橋を叩いて渡る自分はどこに行ってしまったのか。

バッグの中には念のために護身用のスタンガンを忍ばせた。これだけ周囲に気を配っていれば不意を突かれることもない。

それなのに心臓は早鐘を打ち続けている。鼓動があまりに激しくて口から飛び出しそうだ。

殺されるかもしれない。

うっかり想像した途端、恐怖に囚《とら》われた。

膝から下の震えが止まらない。呼吸が浅くなっているのが自分で分かる。

もうやめよう。

中止してこの場から即刻立ち去ろう。

震える右足を一歩踏み出す。後はそのまま駆け出せばいい——。

しかし足はアスファルトに釘で打ちつけられたようにびくともしなかった。

怯えた自分の後ろで、もう一人の自分が仁王立ちしている。

こんな時に臆病風に吹かれてどうするのよ。

これはあなたにしかできないことじゃなかったの。

舞子はすんでのところでいつもの冷静さを取り戻す。

そこにいるだけで周囲に光を与えていた結愛。天真爛漫《らんまん》という言葉があれほど似合う子供もいなかった。

だから結愛が殺されたと知った時、舞子は自分の中の光を一つ失った。幼稚園教諭として、そして間近にいた大人として彼女の死は胸を塞いだ。池波にも告げなかったが、教師を続けていく自信がなくなった瞬間さえあった。

犯人を許せない。

結愛の無念を晴らさなければ、胸に巣食った虚ろは生涯消えないままだろう。それでは生きていくのが辛い。

ここで逃げたら一生、悔いが残る。その思いが再び舞子を奮い立たせる。

約束まであと三分。

舞子は左右に視線を走らせるが、それらしい人影は見当たらない。じりじりと神経が細くなり、感覚が研ぎ澄まされる。

あと二分。

呼吸は更に浅くなり、自分の心臓の音が聞こえてきそうだ。

あと一分。

緊張は最高潮に達し、身体は金縛りに遭ったように動かない。

今か。

早く現れろ。

いや、現れないでくれ。

現れろ。

現れるな。

そして遂に十一時ジャスト。

舞子は胸が破裂するかと思った。だが十秒経ち、三十秒が過ぎても周囲に異状は起こらない。怪しい人影が迫ることもなければ、矢や槍が飛んでくる気配もない。

一分経過。

犯人は気後れしたのか、それともこちらの目論見に気づいたのか。

更に一分経過し、張り詰めていた糸が一気に弛緩《しかん》した。

やはり素人の計略などそうそう上手《うま》くいかないか。これは仕切り直すしかない――。

次の瞬間、背後に気配を感じた。

振り向く余裕すらなかった。真後ろから何者かの手が伸び、舞子の首をがっちりと捉えた。

息継ぐ間もなく両手が万力のような力で締まってくる。気道は急速に狭まり、すぐに呼吸困難に陥る。

舞子は両手で剝がしにかかるが、掌《てのひら》は深く頸部に食い込み、舞子の力ではぴくりとも動かない。爪を立てても掌の締め付けは一向に減じない。

助けを呼ぼうとしたが閉ざされた気道からは息さえ出せず、次第に視界も狭まってきた。

殺される。

原初的な恐怖が思考を支配する。どうすれば切り抜けられるのかなど、もう考えることができない。

思考も薄らぎ始めた。

殺される。

結愛も最後はこんな風に感じていたのだろうか。

ごめんね、ごめんね。

先生、結愛ちゃんの敵が取れなかった。

意識が途切れようとしたその瞬間、不意に首に掛かっていた力が緩んだ。

舞子はその場に腰から崩れ落ちる。

俄《にわか》に五感が復活する。自分の真後ろ、扉の閉まった正門の裏で誰かが揉み合っているようだった。

街灯の下、揉み合っているのは三人であるのが分かる。そのうち二人は池波と古尾井、もう一人が犯人だろう。

犯人は身を捩《よじ》って抵抗を続けていたが、所詮は二対一だ。数分もしないうちに趨勢《すうせい》は明らかになり、格闘は古尾井の取り出した手錠の音で決着がついた。

「殺人未遂の現行犯で逮捕する」

「馬鹿な。この女が妙な手紙で挑発するから」

「あー、その手紙はわたしも拝見しました。でもね、もし濡《ぬ》れ衣《ぎぬ》だったとしたら会ってきっぱり否定すればいいだけのことです。何も殺そうとすることはないでしょう」

「悪かったね、舞子先生」

犯人が拘束されると、池波が申し訳なさそうに駆け寄ってきた。

「……遅かった」

「悪い。これでも先生の首に手が掛かってから猛ダッシュしたんだよ」

つまり締めつけられていた時間は体感以上に短かったということか。

「この女を襲ったことと、結愛ちゃんの事件には何の関係もありません」

「それは警察が判断することだ。何にせよ、この殺人未遂であんたの住まいを徹底的に調べ上げることができる。家宅捜索でいったい何が出てくるか楽しみだよ」

地べたに転がされた比留間《ひるま》公次は血が出るかと思えるほど唇を噛んでいた。

「最初から、俺を疑っていたのか」

「いや、先日あんたのお姉さんが署に乗り込んできた時からだよ。残念ながらそれまであんたは被疑者リストの欄外にいた」

「それじゃあ、どうして」

「あんたは姉を諭す一方でこう言った。『そいつも同じように絞め殺してやりたい』ってな。しかしね、結愛ちゃんが扼殺《やくさつ》されたことは捜査本部の人間以外には知らされていない事実だった。母親にすら窒息死としか伝えていない。もし知っているとすれば、それは首を絞めた犯人でしか有り得ない」

それから二日後、舞子と池波は世田谷署に呼ばれた。

「比留間公次がようやく自供した」

古尾井はひどく疲れた顔でそう報告した。

「家宅捜索した際、ヤツのクルマのトランクから結愛ちゃんの毛髪と体液が採取された。それが決め手になった」

いったん自白し始めると、公次は今までの態度がまるで嘘だったように嗚咽《おえつ》を洩らしたのだという。

「塾の帰りを狙って声を掛け、身動きできなくしてからトランクの中に閉じ込めた。結愛ちゃんの行方不明が騒がれ出すと、自分も探してみるとマンションを飛び出し、改めて彼女の首を絞めた。それが午後十時三十分。それから若葉幼稚園の近くまで運転し、正門前に人気がないのを確認した上で死体を置き去りにした」

古尾井は説明しながら口惜しさを隠そうともしない。

「今更言い訳がましく聞こえるでしょうが、当初比留間公次は容疑の圏外でした。火々野社長の財産相続に絡んでいるのは未亡人だけで、結愛ちゃんが死亡しても得をする立場にいなかったからね」

それが大きな隠れ蓑《みの》になっていたのだ。

葬儀の席で結愛の似顔絵を見せた際、公次の狼狽《ろうばい》ぶりがひどく不自然に見えた。思えば、あの時から公次に対する疑念が胸の深奥にあったのだ。

「だが比留間公次の計画はその上を行っていた。結愛ちゃんが死ねば相続財産は丸々未亡人のものになるが、じゃあその未亡人が死んだ場合に財産はどうなるか。彼女のただ一人の肉親である比留間公次に渡ることになる。何とも遠大な計画さ。予定された将来の相続人を殺害するところから始めたんだから」

「そんなに金銭的に困っていたんですか」

カネ目当てで結愛が殺されたことに納得のいかない舞子は、そう質問せずにはいられない。

「絵に描いたような話ですよ。比留間公次は二年前からギャンブルに嵌《は》まっていて、消費者金融や闇金から一千万円以上の借金をこしらえていた。中には広域指定暴力団の傍流みたいな金貸しもいて、相当こっぴどく脅かされていたらしい。目ぼしい資産を持たない比留間は、火々野家の財産を当てにするしかなかったんです」

舞子の胸はまた塞がる。

「ただし、あの男にも一片の良心はあったみたいでね。結愛ちゃんを殺してからというもの、いつも罪悪感に苛まれて安眠できた夜はなかったそうです。神尾先生の脅迫文に易々《やすやす》と釣られたのも、そのせいだったと供述しましたよ」

そう言われると、ほんの少しだけ救われた気持ちになる。自分のしたことは無駄ではなかったし、比留間も根っからの悪人ではなかったのだ。もちろんそれで結愛の死に何らかの意味が付加されるものではないにしろ、少なくとも彼女は誰からも憎まれてはいなかったことになる。

「比留間のヤツ、全てを自供してからずっと結愛ちゃんに謝り続けているんですよ」

古尾井は不貞腐れたように顔を歪めてみせた。

舞子には、それが何かの感情を押し殺した表情に見えた。

エピローグ

「皆さん、おはようございます」

「先生、おはようございます！」

さくら組の園児は今日も声を張り上げる。この声を聞く度に、舞子《まいこ》は元の日常に戻ることができる。

いや、全てが元に戻った訳ではない。

全面自供した比留間《ひるま》公次《こうじ》の身柄は東京地検に移された。火々野《ひびの》結愛《ゆあ》殺害事件はその送検によって一定の解決とされ、若葉幼稚園を取り囲んでいた報道陣も潮が引くように撤収していった。

だが結愛が還ってくることは決してない。親しい友だちの一人を最悪のかたちで失ったことは、残された十九人の園児たちに大なり小なり影を落としているはずだった。

せめて幼い胸に残った傷を消してやろうと思った。担任である自分が園児たちにしてやれるのは、それくらいしかない。

結愛の座っていた席には、相変わらず一輪挿しが置いてある。陽菜が家から持ち出したものだが、毎日の水替えは誰に頼まれたことでもないのに悠真《ゆうま》が続けている。

そしてまた今日の昼休みも、萎《しお》れかけた花を取り替えようと悠真が一輪挿しを手に取った。

傍らでそれを見ていた舞子は意を決して彼に近寄る。今から自分が伝える言葉は、悠真にとって酷になるかもしれない。

だが園内で彼の教育を担当する者として言わなければならなかった。

悠真のためにも、そしていなくなってしまった結愛のためにも。

「ねえ、悠真くん」

「何、先生」

「月命日って知ってる？」

「ううん」

「本当の命日じゃなくて、亡くなった日を毎月供養すること。ちょうど今日がその月命日」

「ふうん」

次の言葉を吐くのが辛《つら》かった。

「……もう、いいんじゃない？」

悠真の顔に翳《かげ》が差した。

「悠真くんが毎日水を取り替えてくれるのは嬉しいけど、これからも毎日続けるつもりなの？　それが悪いとは言わないけど、悠真くんが辛くない？　それで悠真くんが辛くなったら、天国の結愛ちゃんも悲しむと思うよ」

我ながらひどい偽善だと思った。十九人のメンタル維持のために、結愛を忘れろと言っているのに等しい。この場に香津美《かづみ》がいたら、それこそ恨まれても仕方がない。

しばらく考え込んでいた様子の悠真が、徐《おもむろ》に口を開いた。

「あのね、舞子先生」

「うん」

「僕、水替えを続ける」

「あのね、悠真くん」

「花は、いつも大翔《ひろと》が捜してくれるんだよ」

初耳だった。

「どんな花がいいのかは、陸《りく》くんが図鑑を調べてくれるんだよ。みんな、結愛ちゃんを忘れたくないんだよ。結愛ちゃんは死んじゃったけど、僕たちが忘れちゃったら、ホントに結愛ちゃんはどこにもいなくなっちゃうような気がする」

言葉を失った舞子を尻目に、一輪挿しを抱えた悠真が去っていく。

夢から醒めたように、舞子は悠真の背中を目で追う。

自分は何て未熟者なのだろう。あの子たちをすっかり理解できていたつもりでいた己を張り倒してやりたくなった。

ふと見ると、教室のドアに背中を預けて池波《いけなみ》が立っていた。どうやら今のやり取りをしっかり観察していたらしい。

「盗み見なんて高尚な趣味だこと」

「それは陳謝する。でも、いいものを見せてもらったから感謝もする」

「後で奢《おご》りなさいよ」

「へえへえ」

池波はにやにやとこちらを眺め続けている。

「何よ」

「いやあ、舞子先生が教師を続ける気になってくれてよかったなと」

「辞めるなんてひと言も言ってませんけど」

「だろうね。僕も聞いた憶えはない。でも、言わなかっただけでしょ」

悔しいので無視してやった。

「ホントにさ、まだまだこの子たちから教えられることが多いよ。正直僕も今回のことでは結構応えたからね。さっきの悠真くんの言葉に元気をもらった」

「単純」

「その方がいい時もある」

舞子はついと窓の外に目を向ける。外では昼休みを利用して大勢の園児たちが遊具に群がっている。

「ここは彼らの楽園なんだよ」

池波が改まった口調で言う。

「四方のフェンスと、自分たちを愛してくれる大人に護《まも》られた楽園。だけど、どんな楽園にも災厄は降りかかる。騒音被害を訴える町内会長、待機児童を抱えたモンスター・ペアレンツ」

言われてようやく思い出した。結愛の事件が解決したとしても、別の問題が未《いま》だに園を取り囲んでいるのだ。

「僕はそれでいいと思う。楽園に降りかかる災厄を、逃げずに解決していく。それで楽園の住人は一つずつ賢く、そして強くなっていく。悠真くんたちがいい見本だよ」

そうね、と舞子は相槌《あいづち》を打つ。

まだ自分は出ていく訳にはいかない。

この騒がしい楽園から。

解説

藤田香織

この世の中に、「楽園」というものが実在すると信じている人は、果たしてどれくらいいるのだろう。

『騒がしい楽園』と題された本書は、作者である中山七里さんのデビュー十周年新作単行本十二ヵ月連続刊行企画（いやもう、この話を耳にしたときの衝撃たるや凄《すさ》まじかった！　一年間、毎月著作を出すというだけでも恐れ入るのに、すべて新作の単行本だなんて、通常考えられない。凄《すご》すぎる！）の、記念すべき第一弾として二〇二〇年一月に送り出された。デビュー作『さよならドビュッシー』（二〇一〇年宝島社→宝島社文庫）から連なるピアニスト岬洋介シリーズや、三上博史と要潤主演で二度テレビドラマ化された弁護士・御子柴礼司シリーズ。悪女とよばれる主人公にもかかわらず女性読者からの支持を集めた嗤《わら》う淑女シリーズなど、中山作品には多くのシリーズものや関連作があるが、本書は二〇一五年十月に刊行された『闘う君の唄を』（二〇一八年朝日文庫）の姉妹編、という位置付けになっている。

その主人公、神尾《かみお》舞子《まいこ》は幼稚園教諭で、物語の最後に同僚の池波智樹《いけなみともき》が園児たちを見ながら「ここは彼らの楽園なんだよ」と言うのだ。「四方のフェンスと、自分たちを愛してくれる大人に護《まも》られた楽園。だけど、どんな楽園にも災厄は降りかかる」。それでも、なにがあっても逃げずに解決していくことで、楽園の住人たちは賢く、強くなっていくんだよね、と。

楽園。パラダイス。恐怖や苦悩とは無縁の幸福に満ちた場所——。本当に、そんな世界は、あるのだろうか。

舞台となっている楽園＝宗教法人喜徳《きとく》会若葉《わかば》幼稚園は、世田谷の閑静な住宅地に建つ人気の高い私立幼稚園である。物語は、幼稚園教諭歴四年目、二十六歳になる舞子が埼玉県秩父《ちちぶ》郡神室《かむろ》町の幼稚園から転任してくる初日の朝から幕を開ける。

通勤電車の女性専用車両で化粧をしている子連れの母親に、臆することなくチクチクかつ滔々《とうとう》と注意を促し、早々に園長の三笠野《みかさの》万次《まんじ》を「小役人」「普通」と見切った舞子が担当を命じられたのは年長の園児二十人が属する「さくら組」。着任と同時に三笠野園長からは、園が「騒音」と「待機児童」というふたつの問題を抱えていると告げられ、池波からは、経営母体から優秀な教諭だと目されている舞子が、地域との交渉役に駆り出されるのではないか、と嬉《うれ》しくもない可能性を説かれる。

そして案の定、数時間のうちに町内会長の上久保《かみくぼ》から「園児がうるさい」と抗議をうけ、翌日には入園希望者の見学会で、話が通じないことこの上ない久遠友美《くおんともみ》なる母親から待機児童問題を突きつけられてしまうのだが、読者のなかには上久保の言い分もわからんではないし、久遠友美への舞子の態度は、さすがに冷たすぎやしないか、と感じる人も少なくないのでは。

実際、幼稚園や保育園を新設する際に、地域住民から子供のはしゃぐ声はうるさいからと反対を受け、計画が頓挫したという話は少なからず耳にする。〈自分の孫なら目に入れても痛くない〉が〈他人の子供なんぞ可愛《かわい》くも何ともない。煩《うるさ》くて目障りなだけだ〉という上久保の言葉は、まぁ体裁を取り払った本音だよね、と頷《うなず》いてしまうし、〈老いたからといって皆が皆、達観しておる訳でもない。妙な具合に歪《ゆが》んだり、世の中を恨んだりする者もおる。そういう人間にとって子供の声というのは他人の幸福の象徴に聞こえる時がある。耳障りなのも当然だ〉という論は、言われてみればそうしたケースもあるに違いないと気付かされる。子供の声が煩いだなんて了見が狭い、誰にだってはしゃぎまわる子供時代はあったはずなのに、といった「一般論」ではなく、身勝手さを認めた上で近隣に暮らす老人たちの本音と現状を上久保は冷静に語っているのだ。

対して四歳になる我が子が二年連続で保育園にも幼稚園にも落ち、待機児童状態が続いている友美は、冷静さの欠片《かけら》もなく自分本位な感情を露《あら》わに舞子に迫る。行政への不満。取り残されているという不安。置かれた状況を客観視できず、場の空気を読むことも察することもしない友美に、舞子は「いい加減にしてください」と突き放す。舞子には日ごろから仕事に関する資料を読み込み、脳内でデータ化し自分なりの見解を理論的に語るような習性があるにせよ、さすがに新任の幼稚園教諭が入園希望の保護者に向かって、その物言いはきつくないか。そもそも電車内でメイクしている母親や、同じ年長クラスのひまわり組を受け持つ八神鈴香《やがみすずか》に対する態度も、正しく立派ではあるものの、どうも癇《かん》に障る——と思わせる人物に、あえて舞子を描いているのが作者の巧《うま》さだ。

この時の舞子は、幼稚園が子供たちにとっての「楽園」であるとは、微塵《みじん》も思っていないはず。できる限り自分の心から感情を排除し、仕事の効率を上げ、結果、評価を得てきた彼女に、地域住民たちの「本音」や、理論的な会話が成立しない相手をぶつけ、それでも揺るがぬ「デジタルウーマン」であることを強調する。

でも、だけど。人の心は0と1では成り立たないのである。

幼稚園教諭という主人公の職業を、時代に沿った問題を扱いながら掘り下げていく。お仕事小説でありながら、そこに予期せぬ事件を絡ませた社会派の犯罪小説でもある。

犯人は誰か。舞子が担任している子供の親たちの対立関係は、事件にどんな影響を及ぼしているのか。イタズラの範疇《はんちゅう》とよべるのはどこまでで、罪とされるのはどこからなのか。読者はそれぞれに温度差のある登場人物たちの言動と自分の気持ちを比べながら、提示された条件から犯人の目ぼしをつけ、動機を考える。それはこうしたジャンルの小説を読む最大の愉《たの》しみだ。

世知辛い世の中の話であり、愚かで恐ろしい話でもある。真相を知れば、そんな理由でとも思うし、なにもそこまで、とも思う。けれど、少し考えてみれば、現実社会で何かしらの事件が起きた際、公表される犯人の動機に「そんなことで」と思うことはよくある。そんなことで心を病み、そんなことで傷つき傷つけ、そんなことで殺《あや》め、命を奪われることは決して珍しくはない。

しかし、ミステリー小説的には主題となるそうした事件の真相以上に、本書を読み終えた後には、深い感慨を胸に残す要素がある。舞子自身の変化だ。

魚類から爬虫類《はちゅうるい》、鳥類、哺乳類と続いた「軽犯罪」から「軽」が外れ、その現場を目撃した舞子が、自身の抑えてきた感情に押し流されそうになる印象的な場面。〈感情は理性の敵だと思ってきた。感情が昂《たか》ぶれば理性が駆逐され、正常な判断ができなくなる。舞子は自分の過ちを許さない。だから判断を狂わせないように感情をコントロールしてきたつもりだった〉。

なぜ彼女はそこまで自分を律して生きてきたのか。

先に本書が『闘う君の唄を』の系譜であると記した。そちらでは主人公の同僚として登場し、〈幼稚園教諭というよりは、理科系大学の准教授といった風貌をしている〉と評されていたが、舞子はその実、名古屋にある愛知音楽大学出身。『おやすみラフマニノフ』では、オーボエを専攻していた大学時代の姿が描かれ、対外的にも注目を集める演奏会メンバーにも選出されていた。学内で起きた時価二億円のストラディバリウス盗難事件では、鼻持ちならない教授の推論を冷徹かつ辛辣に反論してやりこめ、五十五人の学生オーケストラメンバーが、認めたくないと目を逸《そ》らし続けてきた事実をストレートに言い放ち、だから嫌われもした一方、稀有《けう》な存在として認められてもいた。

でも、だけど。間違いなく優秀な演奏家だったであろう舞子は、幼稚園教諭になった。長い長い時間を費やし、血の滲《にじ》む努力を重ねたオーボエとは一切関係のない職に就いたのだ。もちろん、幼稚園教諭の就職も容易ではない。公立では何十倍にもなる狭き門だと『闘う〜』にも記されている。しかし、舞子が就活生となった前年度、愛知音楽大学の演奏家団体への就職者はわずか六人。それまで以上に冷静にかつ戦略をたて、感情を押し殺さなければ、幼稚園教諭にもなれなかっただろう。

確実に実績を残し高く評価される優秀な教諭であるために排除してきた感情を、自分のなかに収めることができたなら、舞子は大きく変わるのだろうか。幼稚園教諭という仕事を彼女は天職だとは到底思っていないだろう。それでも探し続けた自分の居場所は、ここだと認めることができるのか。いつの日か舞子が心から信じる「楽園」を、見せてくれる日が来ることを、楽しみにしている。

（ふじた　かをり／書評家）

騒《さわ》がしい楽園《らくえん》

朝日文庫

2022年12月30日　第1刷発行

著　者　中山七里《なかやましちり》

発行者　三宮博信

発行所　朝日新聞出版

〒104-8011　東京都中央区築地5-3-2

電話　03-5541-8832(編集)

03-5540-7793(販売)

印刷製本　大日本印刷株式会社

ISBN978-4-02-265081-8

朝日文庫

浅田　次郎
椿山課長の七日間

突然死した椿山和昭は家族に別れを告げるため、美女の肉体を借りて七日間だけ〝現世〟に舞い戻った！　涙と笑いの感動巨編。《解説・北上次郎》

伊坂　幸太郎
ガソリン生活

望月兄弟の前に現れた女優と強面の芸能記者⁉　次々に謎が降りかかる、仲良し一家の冒険譚！　愛すべき長編ミステリー。《解説・津村記久子》

伊東　潤
江戸を造った男

海運航路整備、治水、灌漑、鉱山採掘……江戸の都市計画・日本大改造の総指揮者、河村瑞賢の波瀾万丈の生涯を描く長編時代小説。《解説・飯田泰之》

今村　夏子
星の子
《野間文芸新人賞受賞作》

病弱だったちひろを救いたい一心で、両親は「あやしい宗教」にのめり込み、少しずつ家族のかたちを歪めていく……。《巻末対談・小川洋子》

宇江佐　真理
うめ婆《ばあ》行状記

北町奉行同心の夫を亡くしたうめ。念願の独り暮らしを始めるが、隠し子騒動に巻き込まれてひと肌脱ぐことにするが。《解説・諸田玲子、末國善己》

江國　香織
いつか記憶からこぼれおちるとしても

私たちは、いつまでも「あのころ」のままだ——。少女と大人のあわいで揺れる一七歳の孤独と幸福を鮮やかに描く。《解説・石井睦美》